绿色中国梦

一花一草都有生命，
一人一事都有道理。
一山一水都有生机，
一举一动都有果因。

绿色中国梦

踏歌浐灞

贺平安 编著

五洲传播出版社

第一章

第二章

第三章

目录

第一章

浐灞之水润长安

浐灞万古流

我和灞河的缘分，是此生注定的，就像灞河与西安这座城市的缘分。

王朝更迭，风起雨落，花开花谢，灞河从没有嫌弃过这座城市，这座城市也从没有忘记过灞河，就像现在网络上流传的一句话“你赢我陪你君临天下，你输我陪你东山再起。”说得恰如其分。

说起西安这座城市，首先要提的，就是秦岭。就像小时候老人经常跟我讲，“那些帝王将相都是觉得秦岭好，才留在这儿的。”对于老人的这些推理，我至今都深信不疑。

对于秦岭，每个土生土长的西安人，莫不充满了深深的情愫，他就像一位伟岸的父亲，凝望着逶迤东流的渭河，护佑着关中这片神奇的土地。

秦岭是横贯中国中部的东西走向山脉。因为历史上曾经属于秦国管辖，所以被称为秦岭。西以岷迭山系与昆仑山脉为界；东至河南伏牛山麓；北界西段自临潭北部自白石山起，东至天水东南，再往东就以黄河南岸山地为界；西南以甘、川两省省界为界；南以汉江与米仓、大巴山为界。东西长约 1600 多公里，南北宽数十公里至二三百公里，面积 12 万平方公里。

从自然地理的角度讲，秦岭作为一道南北屏障，是中国南方与北方的分界线。秦岭——淮河一线以北属于暖温带温润、半温润气候，以南属于北亚热带温润气候。由于气候不同，秦岭南北景观也有很大差异。北坡为暖温带针阔混交林和落叶阔叶林、山地棕壤和山地褐土带；南坡为北亚热带含常绿阔叶树种的落叶阔叶混交林、黄棕壤与黄褐土地带。

司马迁在《史记》中这样描述秦岭，“秦岭，天下之大阻也。”唐代

水润长安塔

诗人欧阳詹《题秦岭》诗云："南下斯须隔帝乡，北行一步掩南方。悠悠烟景两边意，蜀客秦人各断肠。"历史上曾出现过所谓南北对抗的局面，都是以秦岭作为南北方的分界线。三国、东晋十六国、南北朝、宋辽金都是如此。

我有一个翻阅地图的毛病，没事就爱拿出地图圈圈点点，美其名曰为指点江山，其实就是找找景点罢了。不过，我还是有所发现。从秦岭发源的水系，往南流的都叫江，如汉江、嘉陵江等，向北流的都叫河，包括小时候流连过的灞河、浐河等。

这些年随着阅历的增加，看过尼罗河的日落，感受过塞纳河的浪漫，阅读过莱茵河的久远，欣赏过泰晤士河的经典，泛舟过伏尔加河的冰冷，也算圆了行万里路的梦。看到所有知名的水系都叫河流，我想我有了答案：灞河有名。和其它河流相比，灞河确实袖珍了许多，但生于斯长于斯的我，总觉得灞河有一种说不出来的味道。

灞河发源于华山断块的剥蚀面上，经灞源镇西折，穿过华山断块西边的峡谷进入蓝田谷地，至蓝关镇北流入渭。全长 109 公里，流域面积 2581 平方公里，流域平均宽度 29.2 公里，有一级支流 24 条，二级支流 26 条，三级支流 11 条。总落差 1080 米，水力资源蕴藏量 119251.62 千瓦，可开发 70566 千瓦。灞河河谷平原较为宽阔，一般宽度约 4—6 公里，蓝关镇一带最宽，达 10 公里。灞河左岸阶地较少，大部分地段岸坡陡峭。特别是蓝关镇至毛西村一带，河流紧切白鹿原，坡高一百余米。右岸有四

灞河

级阶地，谷面宽广，农业发达。

灞河原名滋水，秦穆公时改名灞河。灞河有清河、辋川、浐河三条支流，其中以后者最为有名。因此，人们往往将浐、灞联系在一起。民间还有一个凄美的爱情故事。传说在几千年以前，终南山下有一家富户，家中良田无数，童仆如云，他被玉皇大帝封为终南山一带的山神。他凶残霸道，为了永远占有、统治这块地方，甚至给儿子起名叫“霸儿”。山脚下有一户以放羊为生的穷苦人家，有一女名叫“浐儿”，不仅笑颜如花而且有悦耳动听的歌喉。霸公子出外打猎时，经常能碰到美丽的浐姑娘，日久生情，常常形影不离，遂私定终身。终南山神知道后，大发雷霆，嫌浐姑娘出身低贱，先后给霸公子说了几个门当户对的大家闺秀，但霸公子矢志不渝并离家出走。山神为了拆散这段姻缘，用仙术把浐姑娘变成一股河水，即是“浐河”。他还用仙术把霸公子招回家锁于铁柱。霸公子苦苦思念他心爱的姑娘，为了逃离枷锁不惜以家传仙术化作一汪河水，即是“灞河”。霸公子离家以后，咆哮而流，一路穿山越岭，终于在长安城以北的地方与浐河相聚相依，流入渭水。

灞河虽然是渭水的支流，但它在历史上知名度很大。原因是位于东西交通的要道上，河水流量较大，两岸景色优美。隋唐时期，灞河上有船通行。“元王诗传博，文后宠灵优。鹤盖动宸眷，龙章送远游。函关疏别道，灞岸引行舟。北林分苑树，东流溢御沟。鸟声含羽碎，骑影曳花浮。圣泽九垓普，天文七曜周。方图献雅乐，簪带奉鸣球。”灞河上的灞桥更是远近闻名，车水马龙，十分繁忙。灞河两岸，广植垂柳，树木葱茏，烟水明媚。都人饯行，多于此折柳送别。故描写灞河、灞桥、灞柳的诗篇极多。如“杨柳烟含灞岸春，年年攀折为行人。好风若借低枝便，莫遣青丝扫路尘。”这些诗歌充满人文关怀，读起来饶有趣味。

浐河是灞河最大一级支流。此河发源于蓝田县汤峪乡秦岭主脊北侧海拔 2000 米以上的紫云山南侧，经白鹿原、魏寨，纳贷大峪河、库峪河水，至灞桥区注入灞河，全长 63.5 公里，流域面积 760 平方公里，流域平均宽度 11.7 公里，最大宽度 21.3 公里。年平均径流量为 1.3 亿立方米，多年平均流量为 4.194 立方米 / 秒。水力资源蕴藏量 45267.22 千瓦，可开发量 26156 千瓦。

浐河虽是灞河的支流，但它与灞河齐名。历史上有“玄灞素浐”之说。潘岳《西征赋》曰：“北有清渭浊泾，兰池周曲；西有玄灞素浐，汤井温谷。”“玄灞”是说灞河既深且广，流量较大；“素浐”则是说，浐河水质很好，清澈见底。唐诗中对“素浐”多有描写。如“暮春春色最便妍，苑里花开列御筵；商山积翠临城起，浐水浮光共幕连。莺藏嫩叶歌相唤，蝶碍芳丛舞不前；欢娱节物今如此，愿奉宸游亿万年。”“乘时迎气正璇衡，灞浐烟氛向晚清。剪绮裁红妙春色，宫梅殿柳识天情。瑶筐彩燕先呈端，金缕晨鸡未学鸣。圣泽阳和宜宴乐，年年捧日向东城。”“东郊风物正熏馨，素浐凫鹥戏绿汀。凤阁斜通平乐观，龙旂直逼望春亭。光风摇动兰英紫，淑气依迟柳色青。渭浦明晨修禊事，群公倾贺水心铭。”又如“青门路接凤凰台，素浐宸游龙骑来。涧草自迎香辇合，岩花应待御筵开。文移北斗成天象，酒递南山作寿杯。此日侍臣将石去，共欢明主赐金回。”

浐河是唐代长安城的重要水源之一。长安曲江池等大型池沼的水大部分都来自浐河。史书记载，唐代开黄渠引浐灌注曲江，使曲江池的面积进一步扩大。此外，还在曲江周围修建了许多亭、台、楼、阁及其他游乐设施。这些人文景观或高大雄伟，或小巧玲珑，彼此之间，相得益彰，使曲江池曲江风景区成为长安城南最有名的游览“盛境”。此外，唐代还开龙首

西安桃花潭公园

曲水胜景

渠从马腾空引浐水北流至长乐坡西北，分为东西二渠，供宫中使用。所分东渠经长安外郭城西东北隅折而西流入于苑中。西渠则经通化门南流入城内，经永嘉、兴庆、胜业、崇仁诸坊，进入皇城、宫城，注入宫内的东海。唐代之后，宋、金、元、明、清诸朝都曾对龙首渠进行过改造与维修。故浐水在历史上对长安城的供水产生过重要作用。

三原鼎峙

过了知天命之年的人，就少了锐气，多了些安静和沉思。所以每一次出行，都会选择在旅游淡季，以便细细观赏。

三秦大地出过很多名士大儒，古代的就不说了，现在的陈忠实、贾平凹、肖云儒都是其中的代表。前年朋友送我两张电影票，是陈忠实小说改编的《白鹿原》。缘于 90 年代初采访《白鹿原》时与陈忠实先生的彻夜长谈和绵延至今的私人情义，因此对电影还是充满了期待。尤其是坐在光怪陆离的影院里，旁边都是年轻人，瞬间也觉得自己年轻了很多。

对于《白鹿原》这部电影，我是不好作评价的，因为仅是对陈忠实和白鹿原的敬重和熟知，才对电影有了关注。

“相传在很古很古的时候，这原上出现过一只白色的鹿，白毛白腿白蹄，一尘不染，那鹿角更是莹亮剔透的白。它跳跳蹦蹦，像跑着又像飘着从原东跑向原西，倏忽之间就无迹可寻了。可是白鹿过后，农民们猛然发现麦苗忽然长高了，稀稀疏疏几近枯死的麦苗变得密麻麻、黑油油，坚韧而挺拔；原野上，河川里一切农作物能生长的地方全都是粮食；白鹿过后，田坎间僵卧着倒毙的恶狼，水渠边龟缩着苟延残喘的猾狐，连阴沟湿地里都堆积着死去的癞蛤蟆，一切毒虫害兽全都悄然毙命了。更使人惊奇不已的是，人们突然发现瘫痪多年的老爹正拿着锄头，健步如飞；半世瞎眼的老娘睁着光亮亮的眼睛端看筛子拣取麦子里面混杂的稗子；秃子老二的癞痢头上长出了黑乌乌的头发，歪嘴斜眼的丑姑娘变得粉颜如花……”这是陈忠实先生对白鹿原的精湛描述。

当然，传说的可信度是无法考证了，但是我惊异于古人的美妙想象。白鹿，多么迷人的图腾。

白鹿原是西安地区东部最大的黄土台原，位于灞河与浐河之间，在炮里一带又被称作炮里原，在狄寨一带称作狄寨原。长度 25 公里，宽 6 至 9 公里，原面海拔高度在 600 至 780 米之间，高出灞河 240 至 300 米，高出浐河 150 至 200 米。原由东向西北倾斜。因原面与河谷高差悬殊，加之地质运动的影响，原边崩塌、滑坡现象严重。

早在春秋时期，秦穆公就在白鹿原上修建灞城，作为咸阳东面的军事要塞。秦始皇在统一中国的过程中，曾亲迎王翦，送之灞上。后来刘邦西入关中，也曾屯军灞上，迫使秦王子婴不战而降。像这样的例子很多，说明白鹿原的地理位置十分重要。其次，这个黄土台原风景相当优美，被认为是一块难得的风水宝地。周秦汉唐时期，特别是汉唐时期，许多上流社会的达官贵人，纷纷在这里建立别业；一些著名的高僧，也在这里修建寺院；还有一些亲王、公主、刺史把这里作为自己的归宿之地。考古工作者在这里发现的百余方墓志，说明汉唐时期，这一带是人类活动的重要场所。

宋代以后，随着政治中心的迁移和生态环境的变化，白鹿原逐渐失去了昔日的荣光。晚清时期，白鹿原上甚至流传着这样的民谣：“白鹿原、浐河滩，满目荒凉少人烟，凄风苦雨茫茫雾，野狐恶狼行路难”。可见，当时白鹿原衰败到什么程度。

曾经和罗马斗兽场的工作人员有过交流，问他罗马对意大利到底意味着什么，他说："什么都没有，它只是我们的回忆。"

西安，也是我们的回忆。而在这回忆篇章里，龙首原绝对是其中最重要的章节。我至今还记得 2011 年 10 月 1 日大明宫国家遗址公园开园的时候，主持人在台上说过的一句话，"这是我们不灭的记忆。"

"九天阊阖开宫殿，万国衣冠拜冕旒。"

大明宫，就在龙首原。

隋唐长安城都建在龙首原上。隋文帝在建都诏书中说："龙首山川原秀丽，卉物滋阜，卜食相土，宜建都邑"，可见龙首原确实是一个环境优

大明宫遗址公园的丹凤门

美的好地方。龙首原头至渭水，尾至樊川，东界浐河，西至沣水，范围相当广大，“杜陵、鸿固、凤栖诸原，皆其横冈；宜春、芙蓉、曲江诸苑，皆其洼下。”《三秦记》有云：龙首原起南山义谷浐水西岸，至长乐坡西北，屈曲至长乐古城六七十里，隋唐宫殿皆依此原而建。龙首原的东边是白鹿原。白鹿原西尽浐川，则龙首原与白鹿原隔浐相望。龙首原在历史上曾称作“小儿原”。据说这个名称的来历与唐代皇子的活动有关。唐代皇子幼时，居于大内。稍长，居东内苑大宅。再大一点，则居于龙首原上的十六王宅、百孙苑等地。王子五孙平时不能出苑，斗鸡、走狗、蹴鞠、弹射等活动均在苑中进行。

大明宫位于长安城东北部的龙首原上，是一座相对独立的宫城，面积约 32 公顷，地势居高临下，气候凉爽宜人。在三大宫殿群中规模最大，有四省、七阁、十院、二十六门、四十殿以及为数众多的楼台亭观，总计数量多达一百余处。含元殿异常高大、雄伟、豪华，是长安最杰出的建筑。该殿以龙首山为殿基，高出地面 15.6 米；殿阔 13 间，全长 67.33 米；进深 6 间，共 29.2 米。大殿面积为 1966.04 平方米，与全国现存的最大木结构建筑明代长陵棱恩殿和故宫太和殿的面积之和相等。含元殿的两侧建

灞河堤岸美如画

水城栖居

有翔鸾、栖凤二阁。尤其是从殿门通向地面的“龙尾道”，气势磅礴，甚为雄奇。整个含元殿建筑群，面对着南北宽 615 米、东西长 750 米的大广场，就像一只降自九天的巨鹰，气魄宏伟壮观。每当朝廷盛典，大殿上下鼓乐齐鸣，声震天霆；殿前万头攒动，衣冠锦绣。

与浐灞渊源最深的，还数兴庆宫。兴庆宫位于长安城内东南面的兴庆坊，原为唐玄宗李隆基做太子时的府邸所在。公元 714 年改建为兴庆宫，开元十六年（公元 728 年）玄宗皇帝移居此宫听政。故兴庆宫是唐玄宗开元天宝年间的政治中心。宫中的建筑有殿楼亭阁 20 多所，亦多鬼斧神功，雄伟壮丽。宫中有一长圆形湖，面积约 1.8 公顷，经龙首渠引浐水入湖，湖中植有荷花、菱角等，玄宗与杨贵妃常泛舟湖上。湖西南有花萼相辉楼和勤政务本楼两座主要建筑，楼前广场遍植柳树。湖东南有长庆殿、长庆楼等建筑。苑内种有上百种杨贵妃喜欢的牡丹。湖东北有一土山，山上建“沉香亭”，亭周围牡丹尤其出色，玄宗与杨贵妃常到此亭赏花。

与白鹿原隔灞河相望的铜人原，也有许多秦汉时期的文化遗迹。如铜人原南有秦始皇焚书坑儒的红坑，东有邵平种瓜的邵平店，北有汉成帝的“八角琉璃井”。1957 年这里出土的“灞桥纸”，被有些专家认为是世界上最早的纸。尽管学术界对“灞桥纸”存在着争议，但它引起了人们对

造纸术起源的广泛关注，具有重大的学术价值。

东方的土木建筑，在历史的长河中是无法长久保存的。但东方建筑的型制和气象却在影响着世界。当我站在大明宫遗址的废墟高处南望丹凤门远眺终南山，在未央宫前殿遗址上遥想当年时，岁月的销蚀始终让人无法释怀，一无所有与气象万千也成了中国土木遗址无法阻挡的魅力。

椐史料记载，铜人原和“十二金人”还有一段历史渊源。“十二金人”是秦代铸造的规模最大的青铜器，代表了秦代青铜制造业的最高成就。秦始皇灭六国后，为了筑固统一成果，下令收缴天下兵器，铸为十二金人。十二金人铸成之初，可能安放在咸阳西南郊区一带的“钟宫”，后移至阿房宫前殿。秦朝灭亡后，阿房宫毁于战火，十二金人被掩埋在废墟中。汉高祖对十二金人采取了保护的态度，派人将十二金人运到长乐宫之大夏殿安置。王莽夺取西汉政权后，建立“新”朝。一天晚上，王莽梦见有五个金人起立，以为是不祥之兆，又想起金人胸前有“皇帝初兼天下”之语，觉得很不吉利，派尚方监的工匠凿去了那五枚金人胸前的铭文。东汉末年，

丝路起点的西安浐灞生态区

外戚与宦官交替专权，天下大乱，群雄并起，一时间军阀混战，狼烟四起。董卓自关东西退，入居长安，为了与关东联军对抗，制造新的货币，“坏五铢钱，更铸小钱，悉取洛阳及长安铜人、钟、飞廉、铜马之属以充铸焉。”在这场劫难中，十二金人有多少被毁，史书中没有明确记载。晋人潘岳在《关中记》中说：“董卓坏铜人，余二枚徙清门里。”据此，十二金人中有十枚为董卓所毁，剩下的两枚被运至清门里，幸免于被毁的厄运。三国时期，魏明帝曾想将最后两枚金人运往洛阳，但“重不可致，留于霸城。”后来，著名方士蓟子训曾在霸城“摩挲”过这两枚金人。由于金人在灞桥东部一带放置的时间较长，而金人实际上是用铜制成的，所以这一带地方便被称作“铜人原”了。十六国时期，后赵皇帝石季龙才令将军张弥把这两枚金人运至邺都。最后，前秦皇帝苻坚又派人将这两枚金人运回长安销毁。至此，十二金人全部消失。

除十二金人之外，铜人原还是唐代许多达官贵人的墓地所在。在为数众多的古墓中，有一座是天文学家张遂的坟墓。这座墓虽不起眼，但很重要。

因为它的主人是中国古代杰出的科学家。张遂是唐代著名的高僧，法号一行，人们在习惯上称之为“僧一行”。他是唐初功臣张公瑾的后代，因精通天文历算而受到唐玄宗的重视。他在担任宫廷天文顾问期间，主持制定了当时世界上最精确的历法《大衍历》。这部历法行用了好几百年时间，还传到了朝鲜、日本等国，在世界上产生了广泛影响。张遂是世界上最先发现恒星运动现象的科学家，比英国著名天文学家哈雷发现这一现象整整早了 1000 年。他还是世界第一位实际测量子午线长度的科学家。通过在全国 12 个地方的实测，证实日影长短与北极星高度成正比，每隔 351 里 80 步，北极星高度相差 1 度，这在事实上已经说明地球是圆的。他所测量的子午线的长度，与现在精确测量的结果相比，只差 17 公里。更重要的是，他开创了人类通过实际测量认识地球的途径，为科学事业的发展作出了重大贡献。

灞上烟柳长堤

在西安游走，你要始终怀着一颗谦恭之心，因为说不定墙角的一块城砖，脚下的一颗石子，门额的一方牌匾，街边的一株古树，都有着自己的故事。

小时候除了下灞河游泳，还有一项重大娱乐项目就是站在长辈身后看下象棋。那时候根本不知道楚河汉界，只知道车横冲直撞，炮隔山打牛，小卒却只能步步为营。

稍长，知道了楚河汉界，也知道了灞上，才知道这都是自己家门口的地方。

灞上，因在灞水之滨而得名。关于灞上的确切记载始见于战国后期，“始皇自送至灞上”。因《汉书·高帝纪》中记载 “沛公军霸上”，刘邦率起义军突破武关，攻占了灞上，秦王子婴出降，不可一世的秦王朝灭亡。由此，灞上地名彪炳史册。

应劭在注《汉书》中曰：“灞上，地名，在长安东三十里。”且灞上控制了进入长安城东方向的必经要道，所以这里便成为拱卫都城长安城的一个重要交通要枢地。汉唐时长安城（包括咸阳）是当时中国的政治、经济、

优美的浐灞夜景

文化和交通的中心，灞上位于秦咸阳东南和汉唐长安城之东，它控制了长安东面的重要交通干线。所以，灞上的得失关系到长安城的安危，谁占据了这里，谁就掌握了战争的主动权，就有打入咸阳和长安城大门的可能。

在这场战争中，刘邦抢占了先机，他命大将曹参等率军连夜攻击蓝田北面的秦军后，不给敌人喘息的机会，又挥军疾进夺取战机，命夏侯婴“以兵车趣攻占疾，至霸上”，同时又派大将灌婴等人“战于蓝田，疾力至霸上”以增援。灞上失守使都城咸阳门户洞开，秦军再也无法组织力量抵抗，秦王子婴立即投降。刘邦占领咸阳后，听从谋士张良的计策，“封秦重宝财物府库，还军霸上”，不与当时实力强大的项羽正面相抗衡，以灞上为据点以保存实力。在回军灞上后，刘邦召集了诸县的父老豪杰，颁布了历史上著名的“约法三章”，得到众多人的支持和拥护，为他以后战胜项羽

灞河水面

奠定了基础。

不得不佩服刘公的睿智和气度，以退为进、虚虚实实，以至于以后的“明修栈道，暗度陈仓”让力能扛鼎的西楚霸王落得个乌江自刎的下场。

自灞上名称出现以来，发生在灞上的往事以及与灞上有关的人物史书中记载很多，历代很多迎来饯别也在灞上。

战国时期，诸侯群起争霸天下。秦王派大将王翦率六十万兵力从咸阳出发讨伐南方的楚国，亲自送行至灞上。

西汉十一年，黥布反，高祖亲自率军平叛，“将而东，群臣居守，皆送至霸上”。

汉高祖驾崩后，惠帝立，吕后为皇太后，囚禁戚夫人，并想诛杀戚夫人子赵王如意。惠帝慈仁，知道其母后想杀赵王，为了保护赵王安全，他“自迎赵王霸上，入宫，挟与起居饮食。”数月后，太后伺赵王一人独居的机会，最终使人毒死赵王。

建安二年武帝得知淮南王刘安谋逆，大怒，“发材官与中尉卒三万人为皇太子卫，军于霸上”讨伐，刘安兵败被诛杀。

西汉昭帝死后无子，群臣迎立昌邑王贺继位。昌邑王入京时，史载：“贺至霸上，大鸿胪郊迎，驺奉乘舆车。”

西晋时，张方拥兵自重，劫帝前往长安，张方拥帝及皇太弟颖、豫章王炽等趋长安。驾至新安，河间王颙帅官属步骑三万，亲迎于霸上。

《晋书》还记载了在灞上送别的事。前秦王符坚任命其弟符融为镇东将军，从长安出发时，符坚“于霸东，奏乐赋诗”为其弟送别。坚母苟氏“以融少子，甚爱之，比发，三至霸上”送别幼子。

在灞上迎往送别的风气延续到唐代还很盛行。北周保定四年，“昌州而罗阳蛮反，景宣回军破之。还次霸上，晋公护亲迎劳之”。

开皇四年，隋文帝在二月乙巳，饯梁主萧岿于灞上。隋朝的樊子盖无论是军功还是在政绩上都颇受高祖的宠信。“十八年，入朝，奏岭南地图，赐以良马杂物，加统四州，令还任所，遣光禄少卿柳謇之饯于霸上。”

唐肃宗乾元元年，上皇李隆基从华清宫返回长安，肃宗曾到灞上亲迎。还有唐末，黄巢由潼关入长安时，唐金吾大将军张直率文武官员数十人在灞上迎接。朱温归长安时，黄巢也是“亲劳于霸上”迎接他。

现代时尚的浐灞生态区

五代以后，经济中心逐渐南移，国都也随着东移，长安逐渐失去了政治中心地位，其交通枢纽要地的地位也随之下降。往昔具有战略意义的灞上也变成了一个普通的交叉路口，在历史中逐渐湮没无闻。

说完灞上，就不得不提灞桥。走访世界各地，看过纽约时代广场，巴黎香榭丽舍大街，巴西救世耶稣像，这些建筑都已经成为城市的图腾，如果非要给浐灞找一个图腾的话，我想非灞桥莫属。

在灞河上建桥由来已久，最早应追溯到春秋五霸之一的秦穆公在位期间。据史料记载，当时，水涨时便连舟撑木而作浮桥，水落时就搭建便桥。桥因水而得名，为“灞桥”。

灞桥古已有之，但隋唐灞桥最为有名。如果说浐灞地区是长安通往东方的必经之地，那么灞桥就是东西北交通的咽喉要道。灞桥修建在灞河之上。秦汉之际，灞河上即建有桥梁。王莽时，将灞桥改为“长存桥”。隋文帝开皇三年（公元 583 年），由长安迁都大兴，因大兴城在长安城东南方向，为了交通的方便，在秦汉灞桥东南 5 公里的地方修建了新的灞桥。新灞桥为新型石桥，与大兴城（即唐长安）的通化门直对，从而大大便利了京城与东方各地的联系。到了唐代，长安城人口激增，灞桥空前繁忙。唐中宗景龙四年（公元 710 年），鉴于灞桥地处潼关路、蒲津关路、蓝田关路的交汇处，人流、车流很大，于是在隋代灞桥之南另建一桥，形成南北二桥的局面，以缓解东西交通方面的压力。唐德宗贞元元年（公元 785 年），又伐长安诸街古槐，对浐、灞二桥进行了整修。唐朝灭亡后，灞桥被逐渐淹没在河沙之中。

1994 年 4 月，灞桥镇柳巷村村民在灞河河道挖沙时，发现一件石刻龙头。经陕西省考古研究所抢救发掘，在河道下两米处发现古代桥址。根据出土的唐代琉璃瓦残片等文物，断定此桥即久负盛名的隋唐灞桥。隋唐灞桥的发现，在海内外引起巨大的轰动，被评为当年全国十大考古发现之一。2004 年“十一”期间，西安灞河水涨，数小时后，在灞河河滩上露出十一个状若船形的桥墩，证实十年前的考古推断是正确的。

到目前为止，共发现桥墩十一个，但根据河的宽度推测，应有四十多个桥墩。故隋代灞桥大部分仍埋在河沙之下。如果全部揭露出来，将是何等壮观！过去，学术界公认赵州桥是现存世界上最早的石拱桥。但灞桥比赵州桥早建了二十多年，而且建筑技术十分高超。虽然隋唐灞桥的上半部

水墨浐灞

灞柳绰约

分已毁，但它是中国目前已知跨度最长、规模最大、时代最早的一座大型多孔石拱桥，在中国古桥梁史上占有十分重要的地位。

说完灞桥，再说灞柳。“灞柳风雪”作为古代关中八景之一曾吸引了多少文人墨客的咏叹。所谓关中八景即指华岳仙掌、骊山晚照、灞柳风雪、草堂烟雾、雁塔晨钟、曲江流饮、太白积雪、咸阳古渡等八处自然景观和人文景观。

以风雪喻柳，精辟至极，最早出现在北朝刘义庆所撰的《世说新语》中，表现了东晋权臣谢安一门的风雅。一日，谢氏一门在堂前赏雪，谢安望着漫天飞舞的雪花，叹道：“大雪纷纷何所似？”他的侄儿谢朗对道：“散盐空中差可拟。”一旁的侄女谢韫认为此喻不当，于是应声吟道：“未若柳絮随风起。”谢安听后赞叹不已，而谢韫由此也在历史上留下了“咏絮才”的美名，从此柳絮与风雪互为借喻，也才有后来的“灞柳风雪”之称。

在关中八景中，灞柳风雪占有重要的地位。民间流行着一个传说，尉迟敬德率领民工在灞河两岸，砌石筑坝，培植杨柳，这时一位诗人经过，惊叹两岸柳树如荫，堤下菱花斗艳，不觉连声赞叹：“灞柳风雪，菱花盛开，真是一副如诗胜画的奇景啊！”“灞柳风雪”的说法也就一代代地延续了下来。灞水发源于秦岭蓝谷中，横贯长安东郊，北流入渭河。灞桥架于灞水之上，古往今来，不仅是西安东行的交通要冲，而且以它的壮美身姿和四周秀美的景色久负盛名。灞桥一带，古桥石路，浅水清澈，杨柳青枝细叶，飞絮如花似雪，呈现出“灞柳风雪扑满面”的美景。

灞桥附近，每至季春三月，依依披拂的两岸灞柳，放眼望去，满目含烟，万缕千丝，柳絮迎风，漫空飞舞，犹如冬雪天降，轻灵中无不透着浪漫的诗情。唐诗《灞上》即绘其景：“鸣鞭落日禁城东，渭水清烟灞上风。都旁柳阴回首望，春天楼阁五云中。”宋代张先有“絮软丝轻无系绊，烟惹风迎，并入春心乱”的词句，风情无限，直恁撩拨人心。佳景引来无数踏春寻游之人，于是灞畔逐渐成为春游长安的风景胜地。人们或相聚而欢，或相与饯行，饮宴其中。有诗云：“伊川别骑，灞岸分筵。对三春之花月，览千里之风烟。望青山兮分地，见白云兮在天。寄愁心于樽酒，怆离续于清弦。共握手而相顾，各衔凄而黯然。”亦有：“筵开灞岸临清浅，路去蓝关入翠微。想到宜阳更无事，并将欢庆奉庭闱。”似有“今朝有酒今朝醉”之无奈，又有“西出阳关无故人”之感伤与豪迈。

关中风情广运

曾经在马赛偷闲过一个月的时光，导游菲巴是一位非洲后裔，每天都带着我观赏这个地中海沿岸法国第二大城市的美景。在地中海沙滩上享受温暖的日光浴，在罗纳河边看来来往往的美女，开一瓶红酒，躺在普罗旺斯的薰衣草里，就想永远长眠。菲巴没有正式的工作，生活就靠当导游来维持，用他自己的话说：“我的时间都用来欣赏风景。”

和马赛这个公元 6 世纪才建成的城市相比，西安有太多的历史可以诉说。对于身处内地的西安来说，大海大河都是奢侈的，但广运潭的存在却恰如其分。2013 年初夏，利用周末游览广运潭，让我久久不能忘怀，以至于后来自己还驱车去过几次。广运潭的水不似江南的委婉秀气，不如马赛的浪漫缱绻，而是一种说不出的厚重，或者说是涟漪淘尽的无限感慨。

广运门

广运这个名字，用老陕的话说，扎势。据史书考证，这是唐玄宗亲自选的名字。细想也对，开元盛世是中国封建王朝的顶峰，叫广运，一点都不为过。

《唐两京城坊考》卷一《西京·三苑》引宋崔敦礼《广运潭铭序》云："唐天宝纪元之九年，陕郡太守韦坚有请治汉、隋运渠，起关门抵长安，以运山东之赋，有诏从之。乃绝灞、浐，并渭而东，至永丰仓复与渭合；又凿潭于望春楼下以聚舟。越二年潭成，天子临幸嘉焉，赐名广运。"概括了广运潭的修建时间、地理位置及开凿目的等。《旧唐书》《新唐书》《资治通鉴》《长安志》《册府元龟》等史书都有大致相同的记载。

天宝元年（公元 742 年），陕州刺史、水陆转运使韦坚开凿广运潭，并在隋代广通渠的基础上，于渭水之南开凿出了一条与渭水平行的渠道。天宝二年（公元 743 年），广运潭修成。

修成后的广运潭，使唐都长安通过华阴、陕州、洛阳与大运河连成一线，京城长安的粮食等物资运输量大增。

广运潭竣工那天，韦坚在广运潭内举行盛大的庆典。当朝皇上唐玄宗在望春楼上欣赏了广运潭的旷世胜景。那天，从洛阳、汴州、宋州等地调集来了 300 只小斛底船，置于潭侧，

广陵郡（今扬州市）、丹阳郡（今南京市）等数十个州郡的船只排在潭内，一路伸延出去，绵延数里，煞是壮观。每只船上的驾船船夫都戴大斗笠，穿宽袖衫，着芒鞋，清一色的吴、楚风俗。

为了庆祝这次盛会，陕县尉崔成甫借用民间颇流行的一种说唱歌词，改写成一首《得宝歌》：得宝弘农野，弘农得宝耶！潭里船车闹，扬州铜器多。三郎当殿坐，看唱得宝歌。

据史料记载，广运潭庆典盛大空前。“自衣缺胯绿衫，锦半臂，偏袒

长桥卧波气如虹

灞柳驿一瞥

膊，红罗抹额，于第一船作号头唱之，和者妇人一百人，皆鲜服靓装，齐声接影，鼓笛胡部以应之。余船洽进，至楼下，连樯弥亘数里，观者山积。”（《旧唐书》）就是当时生动的写照。

皇上所在的望春楼前，轮番登场的则是宫廷舞女的《霓裳羽衣舞》和《绿腰》。看到这一盛况，唐玄宗内心无比欢悦，他感谢运河，是运河使天下珍奇集于潭内，是运河使海内“小邑犹藏万家宝”，使都城“稻米流脂粟米白，公私仓廪俱丰实。”（杜甫《忆昔》）望春楼上的唐玄宗不停地向广运潭内表演的人群挥手，向他们致意，百姓们也向他们的圣上欢呼。

庆典一直从中午持续到入夜。回到宫内，唐玄宗仍无倦意，在御案前拟诏：韦坚夙夜勤劳，赏以懋功，宜特与三品。韦坚僚属也圣典选日，优与处分。凡参加今天庆典的对应役人夫，也一律给予奖赏。（参见《旧唐书》）

诏敕说——

古之善政者，贵于足食，欲求富国者，必先利人，朕关辅之间，尤资殷赡，比来转输，未免艰辛，故置此潭，以通漕运，万代之利，一朝而成，将允叶于永图，岂苟求于纵观……赐名广运潭。

关于广运潭的具体位置，史学界观点不一。但是对于开凿广运潭的原因，却是众口一词的。

漕运贯穿于整个中国封建社会，乃至半殖民地半封建社会，始于秦汉而终于晚清，是以封建集权政治为母体，以封建自然经济为土壤的封建产儿。中央集权的封建国家拥有庞大的官僚机构和军事组织。封建社会是自给自足的自然经济，全国性的商品尤其是粮食商品市场难以形成，封建王朝大量的粮食消费，无法通过市场以交换或购买的方式得到满足。以皇帝为首的封建中央集权政府，其权力至高无上，便用行政手段解决问题，在全国范围内征收粮赋，并加以转运。

汉末以来，大一统国家瓦解，诸侯割据，加之胡族入侵，北方因长期战乱导致生产力下降。北方人士的大批南下，给南方带来了先进技术和刻苦耐劳的精神，南方经济很快发达起来。到唐代中后期，江淮一带已成为全国的财富重点区。唐代的政治中心仍在关中长安，于是出现了政治中心与经济中心的逐渐分离。另一方面，长安城的人口剧增到 100 多万，仅靠关中地区的经济力量是无法支撑的。为进一步加强全国的经济文化交流，有效地调动全国经济力量，漕运再度兴起。“唐都长安，而关中号称沃野，然其土地狭，所出不足以给京师，备水旱，故常转漕东南之粟。”但无论从江淮运粮到长安，抑或从关东漕运，都要经过洛阳以西的非常艰难的水陆运道。

为克服这一切困难，重开关中漕渠势在必行。在这样的历史形势下，陕郡太守兼水陆运使韦坚主持重开漕渠。漕运困难的问题从根本上得以解决，当年漕运量就达四百万石。关中漕粮的增加，船只的增多，不得不新开港口以加速漕粮的集散。天宝初年，韦坚经过悉心勘测后，在长安城东增开了引人注目的广运潭。

作为唐王朝最重要的码头，广运潭在这段历史上可谓是熠熠生辉。这从韦坚于天宝年间在广运潭上开了一个大规模的物产展览会可窥见一斑。《旧唐书》卷一百五《韦坚传》云：“若广陵郡船，即于栿背上堆积广陵所出锦、镜、铜器、海味；丹阳郡船，即京口绫衫段；晋陵郡船，即折造官端绫绣；会稽郡船，即铜器、罗、吴绫、绛纱；南海郡船，即玳瑁、真

湿地公园入口景观

珠、象牙、沉香；豫章郡船，即名瓷、酒器、茶釜、茶铛、茶碗；宣城郡船，即空青石、纸笔、黄连；始安郡船，即蕉葛、蚺蛇胆、翡翠。船中皆有米，吴郡即三破糯米、方文绫。凡数十郡。驾船人皆大笠子、宽袖衫、芒屦，如吴、楚之制。”

喧闹和繁华只是历史的注脚，沉寂才是历史的永恒。广运潭兴于韦坚，止于安禄山。这位历史上著名的大胖子在渔阳点燃的一把战乱之火，居然点燃了广运潭的洪流，也烧尽了李唐王朝的好运。直到大军阀朱温挟唐昭宗迁都洛阳，李唐王朝覆灭，长安城被毁，广运潭也变成了历史的遗迹。

关中漕渠和广运潭衰败的原因，除上述的政治与社会因素外，自身的天然缺陷也是不容忽视的。漕渠毕竟是一条人工河流，管理起来是不容易的。漕渠是从咸阳堰渭水而成。渭河是一条水流大但不稳定、沙多的河。在这样的河流上修建石坝堰水，凭当时的科技水平，洪水很容易冲毁拦水坝，水就很难进入漕渠。另一方面，由于渭河水含沙量高，容易使漕渠淤塞，导致通漕的时日不会很久。漕渠还要横过长安城东的灞、浐二水。灞、浐二水从秦岭陡峭的北坡流出，水流迅猛。一旦洪水暴发，很容易冲毁漕渠。“灞、浐二水会于漕渠，每夏大雨辄皆涨，大历之后，渐不通舟。”正是漕渠自身的缺陷，决定了它无法同天然河流相比。

在历史的长河中，广运潭的繁盛只能说是烟花一瞬，但却有着深远的影响。当我们审视唐代社会经济、政治乃至文化时，不难发现，关中漕渠和广运潭对其有着广泛而深远的影响。可以说，关中漕渠不仅仅是唐代的经济生命线，也是政治生命线和文化生命线，广运潭就是它们发生作用的支点。

地广人稀、“火耕水耨”、生产力低下的江南地区因为漕运兴起，大修水利，大兴屯田，耕地面积迅速增加，经济飞速发展，逐渐成为唐王朝及其后王朝的经济重心。“稻米流脂粟米白，公私仓廪俱丰实”也推动了漕运沿线城市的兴起，长安、洛阳、开封、魏州、贝州、杭州、越州、扬州等，都成为著名的经济都会和重要城市。漕运使南北得以沟通，加强了南北经济的联系，密切了全国市场联系，加快了中国古代商品经济的繁荣。

历史的车辙轮回往复。现在，历史上的广运潭随着漕运时代的结束消泯于斜阳尽处，而今的广运潭景区已经成为西安人民的后花园。

驱车也罢，漫步也好，行进在8.1公里长的滨河大道上，清新的空气沁人心脾，波光粼粼的河水，绿草茵茵的缓堤更让人心旷神怡。路东侧的广运潭景区，曾经满目的沙坑已经不在，大大小小的湖泊、山坡、小溪已显露出雏形。

浐灞生态区党工委书记杨六齐介绍说，“关中风情广运，灞上烟柳长堤。”作为综合治理浐灞河流域的关键之一，广运潭景区共占地13.53平方公里。景区包括灞河烟柳景观带和动态游览景观区、生态湿地景观区、生态度假景观区四部分，这“一带托三区”的布局，把灞河大堤与东岸景观区巧妙地结合起来，使整个景区形成一个有机的整体。整个项目建成后，数十湖泊，大小不一，层层相连，区内河道纵横，水面蜿蜒曲折，将形成万亩水域和万亩绿地。

谁也不能永远处于繁华的纸醉金迷中，广运潭从历史中来，还要到历史中去。杨六齐这个身材颀长的关中汉子，带领着他的团队，肩负着一个城市的生态梦想，开始了水旺城兴的盛世实践。

皇家禁苑

封建王朝时，东西方其实是一样的，都在推崇王权的至高无上。大抵是因为中国地大物博吧，所以最高统治者总是要修建雄伟的宫殿群供自己享受，还要圈起很多土地，作为自己的私有财产，禁止普通老百姓入内。

在现在的浐灞地区西北部，就是唐朝时期的皇家禁苑。禁苑是建在都城长安之旁的皇家专属区域，唐代禁苑的位置在宫城以北，置于唐高宗龙朔以后。它主要有两个方面的功能：第一，它是供天子游猎赏玩的休闲场所。皇帝在处理政务之余，就近不仅能欣赏到秀丽的湖光山色，还能进行射猎活动，起到怡情悦性和锻炼保健的功能。第二，它是保卫皇帝及其近亲安全、拱卫宫城的军事缓冲地带。唐代长安城因袭了隋代大兴城的很多旧制，保留了隋长安城北的“大兴苑”，并更名为“禁苑”。不同的是，唐代禁苑面积要远远大于前朝之大兴苑，它包括了汉代长安城的全部及其以东的广大地区。清代徐崧所著《唐两京城坊考》记载的唐代禁苑东西宽二十七里南北长三十里；《旧唐书·地理志》记为东西二十七里，南北三十里。东至灞河西到汉代长安古城，北抵渭河南达京师长安。唐代禁苑计开有十门以便交通，其中南北各三门，东西各二门，苑内离宫亭观

大明宫含元殿翔鸾阁

二十四所，南望春亭、北望春亭、坡头亭、柳园亭等在其中。四周苑墙环绕，苑内河流交织，军事保卫功能十分显著。

通俗点讲，禁苑就是无事时游乐，有事时保卫的宫城前哨。其实相对于禁苑，苑内的望春楼名气更大。由于年代久远、长期战乱等因素的影响，望春楼已湮没于历史的长河，没有任何地面建筑遗存。由于到目前为止并没有进行考古发掘，我们只能根据现存的文字资料，勾勒出它的相对位置。

望春楼是唐代祭春迎新的重要场所，唐代的许多重大事件都和它有关。无论是盛唐时期的妙歌曼舞、丝竹管弦，还是中晚唐时期的剑戈相击、哀鸿遍野，它都看在眼、记在心，成为历史的见证。可以说，它与大唐帝国的命运休戚相关。

传世史书并没有给出望春楼的确切建造时间，关于望春楼的最早文字记载多与韦坚开凿广运潭、玄宗登楼观新潭联系在一起，若以广运潭的兴建为时间坐标，则它至少在唐玄宗天宝元年以前就存在了。

修建之初，大唐欣逢开元盛世，望春楼下冠盖云集，一片歌舞升平，即便用最华丽的语言也不能描绘出帝王将相们生活方式奢侈到了何种程度。天宝二年（公元 743 年），韦坚凿成广运潭，玄宗登望春楼以观之。韦坚用新船数百艘，各按其地名呈所产之奇珍异宝，陕县尉崔成甫穿绿衫

大明宫效果图

戴红色头巾，高歌自己新制之词，并有美女百人穿盛装应和，繁盛之景，一时无二。

可惜好景不长，北方狼烟四起，金戈铁马的杀伐之声随即响彻天地。天宝十四载（公元 755 年）十一月，雄踞范阳（今北京市附近）拥兵十五万的安禄山反，长安一片震惊。当年十二月，玄宗于望春亭慰劳诸军，遣高仙芝出潼关迎敌。从此，“惊破霓裳羽衣曲”。巧合的是，安禄山上一次进京面圣，玄宗亲自在望春楼送别他，甚至还脱下自己身上的龙袍赠与安禄山。

唐代末年，黄巢起义，藩镇割据，大大小小的战事更让望春楼饱受战乱之苦。

唐朝灭亡后，历史进入了一个比较长的分裂割据时期。后梁、后唐、后晋、后汉、后周五个短命王朝之间的杀伐更替，游牧民族的持续入侵，使得关中地区饿殍遍野。望春楼等禁苑建筑部分可能被战火焚毁，其余的可能被人为拆除以用于军备，所以在《新五代史》《旧五代史》中再也没有任何关于望春楼等建筑的记载。

望春楼是作为礼制建筑修建的。唐代帝王每年都要举行迎春活动，望春楼就承担此项职能。皇帝以及他代表的整个统治阶级举行迎春活动，主要目的在于通过向上天祈福祭祀换取基业永固、皇权永在的心理安慰。

除了迎春祭祀，望春楼还有很多象征意义。在中国古代，皇帝亲自出城迎接或者亲自离城送别大臣是难得的旷世恩典，能获此殊荣的虽称不上绝无仅有但也寥寥可数，中兴名将郭子仪是其中一个。有意思的是，郭子仪和安禄山，一为平定叛乱的再造之臣，一为结束了大唐盛世的叛军贼首，都曾劳动大唐皇帝御驾出城，一迎一送之间，开元盛世的繁华就成昨日之黄花。

高祖李渊送十二子彭王李元则灵柩，在望春楼上痛哭流涕；唐玄宗在此送别自己的岳父王仁皎，并亲自题写碑文；唐德宗送自己的妹妹嘉诚公主嫁于魏博节度使田绪，亲自送到望春楼，并将自己所乘的金银车赠予公主。

对于守着唐王朝大好河山的骚人墨客来说，望春楼是绝佳的风雅之地。唐代著名诗人王维的一首诗：“长乐青门外，宜春小苑东。楼开万户上，辇过百花中。画鹢移仙妓，金貂列上公。清歌邀落日，妙舞向春风。渭水明秦甸，黄山入汉宫。君王来祓禊，灞浐亦朝宗。”正好能说明当时群贤毕至的胜景。

望春楼还有一景，则是特定历史背景下的产物。歌舞升平被马蹄声踏破之后，望春楼不见了饮酒作乐，更多是刀光剑戟和效忠宣誓。

望春楼上始闻干戈杀伐之声是在安史之乱以后，尤以唐德宗朝次数最多。天宝十四载（公元 755 年）十一月，平卢、范阳、河东三镇节度使安禄山调动本部兵马，又征调了部分同罗、奚、契丹、室韦人马，总计 15 万，号称 20 万以“诛杨国忠”为名，起兵造反。此时，已当了 42 年太平皇帝且年过古稀的唐玄宗李隆基正和贵妃杨玉环畅游华清宫，消息传来，京师哗然。当月，玄宗以高仙芝为讨贼副元帅，领飞骑军以及朔方、陇右等地军马继封常清之后出潼关平叛。十二月，军队出发前，玄宗亲往望春亭劳师出征并按唐代惯例遣宦官边令诚监军。

及德宗继位，开始着手收服不驯之藩镇，望春楼上干戈再起。建中二年（公元 782 年），振武军（初置于唐中宗景龙二年，治所在东受降城，今内蒙古托克托县西南黄河东岸）节度使彭令芳对下苛刻暴虐，监军刘惠光贪婪而无休止，军士愤而杀之。同时，李正已屯兵曹州（在今山东省），田悦也增兵河上，河南人心惶惶，各地官吏的告急文书纷至沓来。德宗遂征发京西部分神策军往关东戍守防备，德宗亲临望春楼劳师，独神策军将士拒不饮酒，问其故。其将领杨惠元说，神策军自奉天出发时，军帅张巨济与诸将约定：“凯旋之日，当共为饮；苟未戎捷，无以饮酒”，故不敢奉命。德宗深感其军纪严整，赐书赏劳。不久，杨惠元率其所部汇合其他将领进击作乱的田悦，居功至伟。

至此，望春楼就完成了它的使命。

迎春、折柳、祓禊

现在中国的传统节日，很多年轻人都不重视了，倒是舶来品如“圣诞节”“情人节”等愈发的紧俏，还有商家炒作出来的“光棍节”居然吸金几百亿，不由得让人倒吸了一口凉气。

2012 年农历龙年春节，未曾想到纽约时代广场的大屏幕上居然打出了“龙年春节”的字样，而在中国，除了饺子，就是春节联欢晚会，想看个烟火表演，还要到指定地点去。

记得小时候的年味重，穿上新衣服，给长辈拜年要压岁钱。

浐灞地区蕴藏着丰富的传统文化。其中最有特点的当数迎春活动。这种活动起源甚早，兴于秦汉，盛于隋唐，在一定程度上体现了中国古代的礼乐文明。

中国古代的迎春活动最早源于原始社会对自然现象的原始崇拜。原始社会时期，人们对自然界的认知仅局限于他们微薄的想象力，对一切不可知现象的恐惧心理导致了对某些自然现象的原始崇拜。

夏、商、周以来，随着文明程度的提高，人类开始掌握了一些初级的天文知识，所以对自然界的认知就有了突破性的进展。最迟在战国时代就

灞河堤岸美如画

基本形成了二十四节气。最早形成的八个节气即是“四立（立春、立夏、立秋、立冬）”“二分（春分、秋分）”“二至（夏至、冬至）”。可见，立春是出现最早的节气之一，春秋时期它也是个比较特殊的日子，且已具有节日的雏形。

两汉时期，汉武帝采纳了董仲舒“罢黜百家，独尊儒术”的建议，随着公羊一派学说逐渐成为官方的钦定思想，《礼记》以及其他儒家典籍中的礼仪制度开始逐渐走向实践。就在这一时期，天人感应和阴阳五行学说对迎春礼仪产生了重大影响，使得迎春祭祀从形式到内容都有了比较大的变化。《后汉书·祭祀志》：“迎时气，五郊之兆。自永平中，以《礼谶》及《月令》有五郊迎气服色，因采元始中故事。兆五郊于洛阳四方。中兆在未，坛皆三尺，阶无等。立春之日，迎春于东郊，祭青帝勾芒，车骑服色皆青，歌‘青阳’，八佾舞‘云翘’之舞。”

大唐王朝是中国中古时期最繁盛的王朝之一，全面开放的浩荡唐风对包括迎春礼仪在内的诸多制度都产生了巨大的影响。唐朝的迎春礼是一个全体人民都参与的盛大节日，上至皇亲贵戚下至平民百姓都喜于在这一天盛装出游，品佳肴、饮美酒、听音乐、看舞蹈，好一个欢乐喜庆的节日！在这样一个开放的大环境下，唐人对于迎春活动表现出了很高的热情，在《全唐诗》《全唐词》《全唐文》中所收录的大量的唐人迎春诗文便是一证。这些诗文既有歌功颂德的应制之作也不乏触景生情的优秀作品，涉及从初唐到晚唐的许多文人，我们所熟识的大家更比比皆是。

对于迎春我是没有概念的，但这些胜景，却时常出现在我的脑海里。或许是对盛唐的向往吧，有时候会梦到自己化身一棵唐朝的芦苇，挺身在灞河的水里，看着来来往往川流的人群。可惜的是，“舞榭歌台，风流总被雨打风吹去。”

在浐灞地区的传统文化中，祓禊是一个相当重要的组成部分。

祓禊也称“祓除”“修禊”“祓斋”，是指在郊外水滨举行的洗浴活动。此项活动起源甚早，至迟在春秋战国时期已经形成相对固定的风俗。《风俗通义·祀典》载：“禊者，洁也。春者，蠢也，蠢蠢摇动也。……疗生疾之时，故于水上衅洁之也。”祓禊有除灾驱邪、求偶乞子之意。秦汉以来，这种风俗相沿不改。王公贵族，常于三月上巳在灞水边祓禊。《汉书·外戚传》载："武帝即位数年，无子，平阳公主求良家女十余饰置于家，帝祓灞上而过焉。还过平阳公主，见所侍美人，帝不悦。既然饮，讴者进，帝独悦卫子夫。"《后汉书·礼仪志》载："是月上巳，官民皆洁于东流水上，曰洗濯祓除宿垢。"隋唐之际，三月三日携酒食踏青祓禊蔚然成风。唐代三月三日祓禊多在曲江进行，故杜甫诗云："三月三日天气新，长安水边多丽人。"除曲江外，泾、渭、浐、灞诸水之滨亦为都人祓除之地。唐代帝王常来浐、灞祓禊，故唐诗中有"元巳秦中节，吾君灞上游"，"君王来祓禊，灞浐亦朝宗"的诗句。三月上巳，春暖花开，灞浐两岸，绿树成荫，环境优美，故成为祓禊的理想之地。祓禊不只是一种娱乐活动，也在一定程度上体现了温文尔雅的隋唐文化。

魏晋以后，古代中国进入了气势恢宏、如史诗般壮丽的隋唐时代。隋唐文化以其深厚、奔放、明朗的气质而成为历史上一个至今令人赞叹的奇迹。祓禊这一古老的习俗也重新焕发出生机与活力，它俨然已脱胎成全民的狂欢节。在民间，人们乘着明媚春日，成群结队，携着酒食，来到水滨，尽情欢畅。在上层社会，君臣贵戚，名流士绅，或是在水滨举行盛大的宴会，或是泛舟水上，或是仿古人流觞，充分地愉悦着彼此的心灵。在祓禊神秘宗教性渐趋式微的同时，其祛疾除邪的古意在娱乐气氛的重重包围下，竟也露出了些许生机，在原生的洗浴仪式外，又派生出了戴柳之风，以此沿继着祛疾驱邪之功。

祓禊最初是在水滨举行的洗浴仪式，因为古人相信水有荡涤宿垢的功效，示意驱邪除疾，祈子祈福。正是基于此种目的，祓禊势必要在某一水域才能开展。由于该习俗的广泛传播与流传，文献中有关祓禊及其水域的记载不计其数。《诗经》记载郑国民众于溱、洧两水上行祓禊。《论语》则载"浴乎沂"。王羲之、谢安一行人更是于远在江南的山阴兰亭"修禊事"。据文献记载，多数闻名后世的祓禊水域集中在长安、洛阳两地，这无疑与两地长期作为都城有关。

长安自古是个"水都"。在中国历史上，关中地区河川纵横，泉沼遍布，沃野千里，是"天府之国"。长安正位于八百里秦川的中心，南有终南之山绵延千里，因有"披山带河"之说。尤其经过历代变迁，到了隋唐之际，周围有泾、渭、灞、浐、沣、滈、涝、潏八水穿行其间。长安祓禊

水域甚多，有渭水、灞水、曲江、勤政楼、望江亭、禁园、乐游园、定昆池、龙池等。其中最为重要的是渭滨、曲江和灞水三地，而灞水之畔又是历史最为悠久的祓禊胜地。

《汉书》中频繁出现在灞水之滨举行祓禊的记载。《汉书·外戚传上·孝武卫皇后》载：（汉武）帝祓灞上。《汉书·元后传》载：平帝时，太后王政君率皇后列侯夫人“遵霸水而祓除”。《后汉书》还有“八月祓灞水”的记载。通过这些记载，可以明确两点：一是祓禊已经成为国家生活中的一项重要的仪式，而且由皇族亲自主持；二是祓禊的地点选在灞水之畔。

折柳赠别是古代的一种行旅风俗，作为一种吉祥物，柳，是远在异乡的游子与亲友的情感凝结。柳由于其特殊性质而负荷了人们沉重的离愁别绪。施肩吾《折柳枝》：“伤心路边杨柳春，一重折尽一重新。今年还折去年处，不送去年离别人。”孟郊《古离别》：“杨柳织别愁，千条万条丝。”依依柳条，漫漫柳絮，勾起漂泊在外独在异乡的人们的断肠思绪。千年历史沉淀，折柳风俗形成了一种民俗文化心理，成为一种文化基奠。“灞柳风雪”则是其经典的展现。

水暖柳绿白鹭飞

柳作为文学作品中的离别意向最早大概始于《诗经·小雅·采薇》：“昔我往矣，杨柳依依，今我来思，雨雪霏霏。”在这里诗人赋予了柳的离别意象，开后世意象之先河，此离别意象盛于魏晋南北朝时期，经唐宋的沉淀和凝固，成为这一时期文坛和现实生活中的一大奇葩。“杨柳多短枝，短枝多离别。赠远屡攀折，柔条安得垂。青春有定节，离别无定时。但恐别人促，不愿来迟迟。莫言短枝条，中有长相思。朱颜与绿柳，并在离别期。”人们不禁要问，娇柔细柳何以堪负如此之重？世人又何以如此青睐于它？

古人钟情于柳，当然与柳自身的特点以及从柳本身所挖掘出的意义有关。“多情自古伤别离”，重情重义的中国人从“柳”与“留”的谐音中，发掘了柳的留别、留情、挽留的意象，且柳絮之“絮”与情绪之“绪”谐音，柳丝之“丝”与相思之“思”谐音。于是古人将依依惜别的情怀寄托于娇柔细柳。赠柳、咏柳也就常常带有希望离别之人能够留下来的美好心愿。“青青河畔草，郁郁园中柳。回首望君柳丝下，挥手别君泪难休。”古人用柳枝的随风飘摇表示别情的依依，真的是恰如其分。

“折柳赠别”的礼俗大概始于汉朝。据《三辅黄图》卷六“桥”条下载：“灞桥，在长安东，跨水作桥。汉人送客至此桥，折柳赠别。王莽时灞桥灾，数千人以水沃救不灭。”由于灞桥位踞汉唐等历代政治文化中心东向的交通要道上，人们往往在这里送别远行的亲友。同时《雍录》又载：“汉世凡东出函、潼必自灞陵始，故赠行者于此折柳相送。”而灞桥因为长久成为礼送行旅之人时抒发别离感伤情怀的处所，又被称为“销魂桥”。

折柳送别的风俗在唐代最为盛行。灞桥岸边，依依柳丝，漫漫柳絮，无不勾起漂泊零落、孑然一身而又满怀哀伤与思念、独在异乡的人们的断肠思绪。堆烟杨柳，似雪飞絮，形成了一道独特的风景“灞柳风雪”。灞水岸边依依披拂的垂柳，从古至今不知凝聚了多少古人生离死别的声音和隐隐约约的哽咽，亦曾得到多少泪水的浸润。罗隐《柳》：“灞岸晴来送别频，相思相依不胜春。自家飞絮犹未定，争解垂丝绊路人。”如今为之流泪的人早已杳然而去，可柳却依旧固守着曾有的那份离别愁绪。

天时地利人和使得“灞桥折柳”赠别成为经典中的经典，不然何处无桥？何处无柳？而世人却独钟情于此。每每春至，柳絮迎风，满空飞舞，与冬雪无异的美景，沉醉了多少文人墨客。灞河、灞桥、灞柳、灞亭，竟让人无法不为之倾倒，诗情才气，生离死别的离愁别绪，到这里被挥洒得淋漓尽致，定格为一种民俗心理共识，成为感世惊心的绝唱。灞河、灞桥、灞柳、灞亭融为一体，“灞桥折柳”亦成为离别的象征。《西安府志》：“灞桥两岸，筑堤五里，栽柳万株，游人肩摩毂击，为长安之壮观。”

在《全唐诗》中，专门咏柳的就有 400 多首。其中既有朋友别离，又有情人相思，而送别地域既有京灞桥边，又有大江南北岸，折柳送别无处不在，亭前桥边的万千柳树，成了有唐一代文人士大夫送别亲朋表达惜别的一种文化符号，那柔软绵长的柳条，日夜萦绕着天涯游子的心。折柳送别作为吉祥礼俗，在唐代最终尘埃落定达到辉煌的顶峰，并凝铸成了一种民俗心理文化。

听老西安人讲，解放初期灞桥的桥头两侧，原来各有一座造型大气、气势恢弘的牌坊。一座上书“东接崤函”，一座则写着“轨通西域”，灞桥作为西安东大门的重要地位由此可见一斑。可后来因为嫌这两座牌坊影响通车，早就拆除了。这些都已成为了历史，在经济发展的同时，人们也在不自觉中破坏着自己赖以生存的环境。多少灞河柳，被人们砍伐做了床板，做了釜底之薪。老灞桥也面临将被拆毁的命运。行走在灞桥街面，那如诗如画的“灞柳风雪”早没了踪影，那令人销魂的“折柳赠别”的风情也已无从寻觅。

回头再望灞桥柳时，那首《灞桥柳》曲不由地在耳边回响：

灞桥柳，灞桥柳，
拂不去烟尘系不住愁。
我人在阳春，心在那深秋，
你可知无奈的风霜，
它怎样在我脸上留。
灞桥柳，灞桥柳，
遮得住泪眼，牵不住手。
我人在梦中，心在那别后，
你可知古老的秦腔，
它并非只是一杯酒。
啊，灞桥柳！

第二章

折柳问沧桑

蓝田问沧桑

在陈忠实先生的《白鹿原》中，对于宗祠文化的描写可谓是浓墨重彩的。白嘉轩坐在祖宗牌位前笔直的腰杆，是黑娃和小娥无法翻越的高山，也是鹿子霖梦寐以求的坐姿。等到黑娃用棍子痛殴白嘉轩让他挺不起腰，宗祠也被日本人的飞机炸得支离破碎了。

蓝田县城全景

每年过节，母亲依然会在堂屋的桌子上摆满水果和肉，在祖宗的牌位前磕几个头，有时候也要拉上我一起。对于自己从哪儿来，中国人总是怀揣着感恩和崇敬。

说道起来，怕是所有的亚洲人都应该来蓝田祭拜，因为蓝田人是目前发现的最早的亚洲直立人种，比爪哇人和北京人都要早。我想我算是留守老家的看门人，其他地方的都是我们的兄弟姐妹，等他们想回家看看的时候，我便打扫好房间，沏好茯茶，站在村外的三岔路口，一遍遍张望，等他们回家。

和浐灞紧紧相连着的，就是蓝田。说到蓝田，怕是要先说说美玉。“沧海月明珠有泪，蓝田日暖玉生烟”这样华丽的辞藻似乎多了些宫廷的味道，但是我在乎的是其中的蓝田玉。

蓝田玉是古代名玉，早在秦代即采石制玉玺，著名的有和氏璧。唐代及以前的许多古籍中都有蓝田产美玉的记载。据记载，唐明皇就曾命人采蓝田玉为杨贵妃制作磬（一种打击乐器）。《汉书·地理志》说美玉产自“京北（今西安北）蓝田山”。

蓝田玉有翠玉、墨玉、彩玉、汉白玉、黄玉，多为色彩分明的多色玉，色泽好，花纹奇。据近年勘测，蓝田玉储量达 100 万立方米以上，主要分布在玉川乡和红门寺乡。当地民间玉匠过去都是用人工采玉加工，近年来开始使用机械采石加工，生产出多种多样的装饰品和工艺品，如玉杯、玉砚、玉镯、健身球等。不少玉石品隐现出天然的山水图像，不失为物美价廉的工艺品。

根据亚洲宝石协会（GIG）地方玉石研究报告，蓝田玉是中国开发利用最早的玉种之一，迄今已有 4000 多年的历史了。蓝田县位于西安市东南，县城距西安 40 公里，县境除东、南部为秦岭山区外，余为川原丘陵地带。绕流长安的八水中的灞河和浐河即发源于此，著名的白鹿原便夹居于灞、浐之间。战国时期，秦置蓝田县，因为玉之美者曰蓝，县产美玉，故名蓝田。

最重要的，当然还是蓝田人。根据百度百科的定义，“蓝田人”是中国的直立人化石，旧石器时代早期人类，属早期直立人，学名为“直立人蓝田亚种”，英文名称：Homo（Sinanthropus）erectuslantianensis。生活的时代是更新世中期、旧石器时代早期。1964 年发现于陕西省蓝田

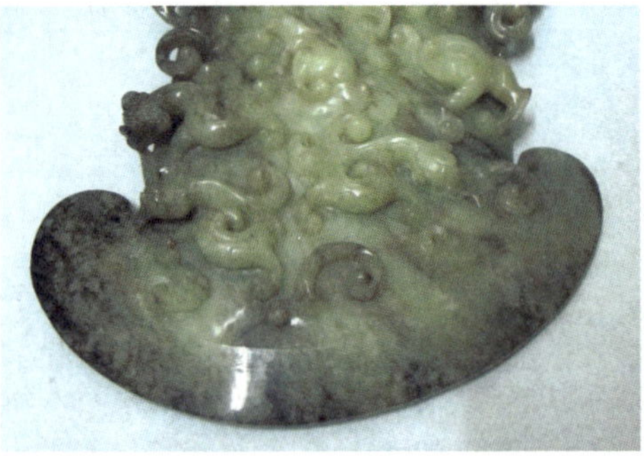
战国大玉钺

菜玉铲

县公王岭，命名为“蓝田人”。

蓝田人的年份较北京人早数十万年。因此他们在体质形态上有不少差别。例如蓝田人的容貌更似猿猴，智力和四肢也比不上北京人发达。考古学家因而把蓝田人分类为“早期直立人”，把北京人分类为“晚期直立人”。他们住在更新世中期、旧石器时代。早期的蓝田人为西安最早的居民，或者可以称为亚洲最早的人。

我曾经专门去蓝田拜谒祖先。轻抚她高耸的颧骨，还有她薄薄的嘴唇。她应该是那个时代的美人，有很多人爱慕。在我的身边，有一位年轻的母亲抱着小朋友，小朋友应该不满三岁，“妈妈，我应该叫她什么啊？”孩子的问题让母亲无法作答。我摸了摸孩子的头，“叫她母亲！”“那母亲和妈妈一样吗？”“不一样，母亲不光是妈妈。”可能是我的回答太过于笼统吧，小孩子再也不和我搭话了。

蓝田人大约生活在 110 万至 115 万年前。当时蓝田人的生活地区，草木茂盛，很多种远古动物栖息，包括大熊猫、东方剑齿象、葛氏斑鹿等素食动物，更有凶猛的剑齿虎。蓝田人用简单而粗糙的方法打制石器，包括大尖状器、砍砸器、刮削器和石球等，在自然环境中挣扎求存。他们捕猎野兽，采集果实、种籽和块茎等为食物。

在蓝田的中更新世地层里，共发现 200 多件石制品，其中从公王岭含化石层和稍晚层位中发现的不过 13 件，另外一些则出自附近与之层相当的 20 来个地点。这些石制品本身的技术差别不大，在目前材料不足的情况下，一般暂时将它们都看作是蓝田人的文化遗物。蓝田石制品包括砍斫器、刮削器、大尖状器和石球，还有一些石核和石片。它们多半用石英岩砾石和脉石英碎块制成，比较粗糙。石器中最有特色的是大尖状器，断面呈三角形，又称“三棱大尖状器”。除蓝田外，这种石器在丁村遗址、合河文化、西侯度文化和三门峡市等地点中也有发现。上述地点均位于“汾渭地堑”及其邻近地区，表明大尖状器是这个地区旧石器文化的一个重要因素。在蓝田只发现一件石球，制作粗糙，与丁村、合河、三门峡市等地点发现的比较接近。蓝田的砍斫器和刮削器没有什么特色，制法和类型都和华北其他旧石器时代早期地点的差不多。在公王岭含化石层里还发现了三四处灰烬和灰屑，散布范围均不大，研究者认为很可能是蓝田人用火的遗迹。

试想一下，他们奔跑在青山绿水间，吃着原生态的食物，拿着石头和火把，过着公社式的生活，群体而居。这不就是我们追求的理想社会吗？绕了一大圈，最后我们却又想回到原点。

半坡氏族的故乡

半坡遗址位于陕西西安市东郊浐河东岸半坡村北，是六七千年前的黄河流域仰韶文化的典型代表。它保存着我们祖先在原始氏族公社时代活动许多真实的图景，形象地反映了当时半坡社会经济生活和文化状况，半坡遗址在中国新石器时代的研究中占有重要位置。

渭河发源于甘肃，滔滔滚滚曲折而来，奔腾东流注入黄河，横贯陕西中部。渭河流域，支流密布，土地肥沃，人称八百里秦川，为人类生息繁衍的摇篮。半坡遗址恰在秦川上，背依白鹿原，前临浐河，距今约 5000 至 6000 年，当是新石器时代中期了。作为时间上前后相继的上宅文化遗址，北有燕山，南有洵河，依山傍水。看来人类早期生活似有共通之处，毕竟那个时代人类还只能被动地依赖自然，而不能主动地征服自然改造自然。半坡遗址，发现于20世纪50年代，是典型的母系氏族聚落遗址，以丰富的文化遗存，成为中国仰韶文化的代表。半坡博物馆，就坐落在遗址上，进去，须登几十级台阶，仿佛一条时光隧道，一级级引我步入远古先民的生活情境中。

半坡人居住的地方，用今天的话，应该叫半坡村。无论是方形的还是圆形的房屋，多为半地穴式，而且以小屋居多，大屋仅一座，位于中央，小屋围大屋而筑。这种环形布局，不会是无意识的，明显地体现着团结向心的一种原则一种精神。上宅文化遗址，也是半地穴式建筑，大多是不规整的椭圆形，屋内都埋有一个或两个深腹罐，是灶塘吧，且兼及存储火种。因没有全部挖掘，不知是否也有大屋，也环形布局。

半坡遗址上，有很多柱洞，其建筑应是用树木枝和其它植物的茎叶再加泥土混合架构而成的，上宅文化遗址也发现了柱洞。这些今天看来实在是不起眼的“马架子窝棚”，却是6000年前先民的杰出创造，是中国土木合构的古典建筑的发端了。穴居日久，容易“下润湿伤民”，人们便就地取材，铺茅草、皮毛甚至烘烤地面。屋内设有火塘，但无烟道，一旦失火，就得重新搭造，何等艰难的生活！人类发展是缓慢的，每一个进步，都经历了漫长的生活实践甚至付出了血与火的惨重代价。

原始的先民，也在努力寻找自己的生存空间，栖身之地，现在的烟囱等通风通烟易如反掌，随心所欲，但半坡人能做的，也只有穴居。这些人处在母系氏族阶段，每个小房子，住着过婚姻生活的妇女以及不确定的来访的其他氏族的男子，其中，也会有男女相对稳定的对偶婚，但绝不是后来的一夫一妻制，子女仍然只知其母，不知其父。最受尊重的“老祖母”或另外多族的首领住在大屋子里，同时也是老年、孩子的集体住所。在半坡村里，人们过着生而平等相安无事的原始共产主义生活。

居住区是一种环形布局，四周环绕一条壕堑围护，堑深6至7米，宽5至8米。半坡人没有现代的挖掘设备，完全是用简单的石铲一铲一铲掘成的，数百米的壕堑，算来起码出土量要10000多立方米，其工程之浩大之艰难，恐怕不亚于后人开凿一条大运河。

半坡遗址 母系氏族的发源地

夏雨时节，村落积水可以疏导到壕堑中，而野兽袭击、外族侵袭，壕堑做了第一道防护的屏障，这是后世城壕的雏型或先驱。堑北为墓葬区，是一片完整的氏族公共墓地，死者排列相当整齐，一般头部向西，以单人葬为主，也有二人四人葬；有一次葬，也有二次葬；有仰身葬，也有俯身葬；有直肢葬，也有屈肢葬，以及瓮棺葬。其中，成人儿童分开，儿童大多不葬于公共墓地内，而是置于瓮棺内，埋在房屋附近。

从整个墓葬看，那时仍处于原始社会，生产力水平极其低下，物质极其匮乏，人类还没有走出混沌，因而没有阶级，没有贫富，更没有剥削与压迫了，但差别总是有的，可能社会学家会有很多种更科学更合理的解释。

半坡人生存的途径，一靠狩猎，二靠捕鱼，三靠种植。从出土的许多石或骨的箭头看，他们已普遍使用弓箭，还有石球石矛。由此可以想见，人类发明了弓箭与矛，延伸自己的臂力，最初只为满足生存需要，后来进入阶级社会，为了争夺领土，为了争夺权力，弓箭与矛才用于战争，用于消灭人类自己！数千年了，鱼网难以保存，网坠儿却不易腐朽，很简单，就是把扁平的小卵石，两侧击打出缺口，拴在网沿上，坠网沉入水底，网在水中张开，待鱼自投了。似乎陶器上曾印有布纹，证明半坡人已经纺纱织布，因此，他们就一定能够用细绳，编织鱼网。

西安半坡博物馆

我们切不可将五六千年前先人的智慧估计太高，毕竟是人类的童年，还没有进入文明时代，但也不能把他们的智慧估计太低，什么都不行。据考古发现，半坡人已大量使用石铲、石斧、石锄等生产工具，进入了较发达的原始农业阶段。他们用石斧砍倒树木，芟除杂草，并放火焚烧，再用石铲翻掘土地，石锄和尖木棒挖穴点种，最后，用石镰或陶镰收获，食用时用石磨盘、石磨棒脱皮碾碎。现已发现半坡人盛粟的罐和粟腐朽后的遗物，证明半坡人学会了栽培，粟耐旱易种，且便于存贮，不仅养育了6000年前的先民，至今仍是中国北方种植的主要作物。故此，中国也当之无愧地成为世界上农业发展较早的国家之一，也是最早栽培粟的国家。正是由于6000年前先民的生活是建立在农业生产基础上，即便是刀耕火种，他们才能够过着较稳定较长久的定居生活，孕育了原始农业的萌芽。

半坡人制作了大批彩陶。虽然制作于远古时期，却显现着魅人的艺术感染力。他们以天真的童稚目光，好奇地观察和认识着变幻无穷的斑斓世界，用彩色绘制在陶器上，这些彩陶图案或写实，如游动的鱼，奔驰的鹿，应是他们渔猎的写照，那艺术形象尽管简洁，却寓意深刻，如人面鱼纹图案，人面涂彩，口部衔鱼，三角头饰等都充分再现了他们的精神世界。

据说，夏部族是以龙纹为主要的图腾纹样，又传说夏禹治水，那么，夏部族的龙纹是否是从半坡氏族的鱼类水族深化派生出的呢？上宅文化遗址发现了许多鸟首陶柱，专家认定这是上宅人祭祀的东西，崇拜的图腾。那图腾是一种鸟。曾有人认为商部族就发源于燕山山脉南麓，而商部族信奉的是玄鸟，即燕子，那莽莽苍苍的山脉又叫燕山，我不敢妄断商部族就一定是由上宅人繁衍来的，这其中是否会有些内在关联甚至一脉相承呢？尚未可知。上宅文化遗址出土的陶器上，还没有发现具有明显的有规律的符号，而半坡多种器物上，都有符号，笔划均匀流畅，相当规整。同类符号在关中地区其它遗址中，多有发现。从其形状看，同殷商甲骨文十分相像，二者都出现于中国北方中原地区，只时间有别。是纯粹的偶然吗？甲骨文会不会来源于这些刻划的符号呢？无论如何，甲骨文已经是一种很成熟很系统的文字，绝不会凭空产生的。而这些符号，到底代表什么意义，只有求教半坡人了。

半坡，仰韶文化的代表，太博大精深了，门外的我只匆匆一瞥，仅仅看了几个先人足迹。而这足迹，甭管是深是浅，也是母亲在远古留下的。况且，与上宅人尽管远隔千年与千里，足迹却时断时续地连贯在了一起……

半坡陶器

唐末长安的浐灞之殇

雅典、罗马、开罗、西安，世界四大文明古都。和其他三个比起来，长安最大、最久、最盛，所以他的消亡，也最令人扼腕叹息。我时常想，如果长安城保存到现在，会是什么样子？当然，这样的假设已经不成立了，与长安城的缘分，怕是只有在梦里了。

唐朝的消亡，安禄山只是导火索，归根结底，则是滚滚向前的历史车轮。

可惜了我的大明宫，可惜了我的广运潭，可惜了我的灞桥，只留下随风飞舞的柳絮……

据文献记载和考古资料，隋唐长安是全国的首都，也是最负盛名的国际化大都市，总面积达到80平方公里以上，相当于巴格达的6倍，拜占庭的7倍，洛阳城的1.8倍，比明代南京城大1.9倍，比清代北京城大1.4倍。可以毫不夸张地说，唐都长安城是当时世界上最宏大、最繁华、最文明的

大明宫丹凤门

城市。位于这座城市东郊的浐灞地区随着城市的繁荣而繁荣。在隋唐两代，这里是人文荟萃之区，经济发达，文化昌盛，充满活力，受到达官显贵和宗教人士的高度重视。

由于浐灞一带具有良好的人居环境，因此社会名流纷纷在此地修建“别墅”或“别业”，作为休闲游乐的场所。如刘长卿的“灞陵别业”、王昌龄的“灞上闲居”、郭暧的“浐川山池”、李福的“浐川别业”、太平公主南庄、长宁公主东庄等。其中太平公主南庄在灞河附近，唐高宗曾亲率近臣到山庄饮宴。当时唐高宗很高兴，赋诗一首，群臣多应制附和。宋之问《奉和春初幸太平公主南庄应制》诗云：“青门路接凤凰台，素浐宸游龙骑来。涧草自迎香辇合，岩花应待御筵开。文移北斗成天象，酒递南山作寿杯。此日侍臣将石去，共欢明主赐金回。”苏颋《奉和初春幸太平公主南庄应制》诗云：“主第山门起灞川，宸游风景入初年。凤凰楼下交天仗，乌鹊桥头敞御筵。往往花间逢彩石，时时竹里见红泉。今朝扈跸平阳馆，不羡乘槎云汉边。”由此不难看出山庄的秀丽和饮宴的奢华。隋唐时期宗教发达，特别是佛道二教，发展到前所未有的程度。浐灞地区环境优美，也受到宗教人士的青睐。他们纷纷在此修建塔庙，作为道场。著名高僧玄奘圆寂之后，最初也葬在浐灞地区的白鹿原上。此外，在隋唐时期，浐灞一带还被一些人视为风水宝地，在这里选择了自己的墓地。20 世纪以来，浐灞地区出土的众多唐代墓志，说明唐人确实是很喜欢这个地方。

隋唐时期是中国封建社会的鼎盛阶段，也是浐灞地区最辉煌的时期。这一时期在浐灞及其附近地区发生过一系列重大事件。史载隋文帝开皇元年（公元 581 年），杨坚代周建隋，都长安，在关中实行保、闾、族户籍管理。开皇二年，在龙首原南麓建新都大兴。开皇三年，迁都大兴，改万年县为大兴县，凿龙首、永安等渠，引浐、交等水入新都。开皇四年（公

唐长安城复原图

元 584 年），六月，诏开广通渠。引渭水至潼关，以通漕运。开皇五年（公元 585 年），九月，改鲍陂为杜陂，霸水为滋水。

贞观八年（公元 634 年），在龙首原上营建大明宫。高宗麟德元年（公元 664 年），玄奘圆寂，葬白鹿原。总章二年（公元 669 年），迁葬玄奘于少陵原。玄宗开元二十二年（公元 734 年），八月，裴耀卿改革漕运，三年内运米 700 万斛入关中。天宝二年（公元 743 年），三月，陕州刺史韦坚，造广运潭，使江淮漕船直达京城。天宝七年（公元 748 年）改万年县为咸宁县。至德元年（公元 756 年），安史叛军逼近京师，唐玄宗逃往四川。至德二年（公元 757 年），郭子仪等大败叛军，收复京师。德宗贞元二十年（公元 804 年），日本留学僧空海至长安，在青龙寺学习密宗。武宗会昌四年（公元 844 年），武宗灭佛，毁京城佛堂 300 余所。僖宗乾符七年（公元 880 年），黄巢陷长安，建立大齐政权。光启元年（公元 885 年），李克用、王重荣进逼京师，大肆焚掠。昭宗天复元年（公元 901 年），宦官韩全海焚烧宫城，朱全忠进入长安。哀帝天祐元年（公元 904 年），朱全忠胁昭宗迁都洛阳，对长安城进行毁灭性破坏。

遗憾的是，繁华似锦的长安城在唐末被彻底毁灭。唐昭宗天祐元年（公元 904 年）正月十三日，“（朱）全忠率师屯河中，遣牙将寇彦卿奉表请车驾迁都洛阳。全忠令长安居人按籍迁居，撤屋木，自渭浮河而下，连甍号哭，月余不息”。经过这次浩劫，一代名城，化为灰烬。灞浐地区也遭受了巨大的创伤，到处是残破的景象。五代以后，中国的政治、经济、军事形势发生了很大变化，东部地区成为历代关心的重点。另一方面，关中地区恢复的速度很慢，到宋元时尚未复苏。后梁开平元年（公元 907 年）四月，改京兆府为大安府，以长安县为大安县，万年县为大年县。开平三年（公元 909 年）七月，改佑国军为永平军。后唐同光元年（公元 923 年）十一月，废永平军，复以大安府为西京京兆府，以大安县为长安县，大年县为万年县。后晋天福三年（公元 938 年）十月，废西京，在京兆府设晋昌军。后汉乾祐元年（公元 948 年）三月，改晋昌军为永兴军。后周仍以京兆府永兴军为管理关中地区事务的重要机构。

长安城的毁灭影响了浐灞的历史，影响了关中的历史，影响了西部的历史，也对整个中国历史产生了重大的影响。长安城的毁灭使中国失去了一座影响最大的都市，后来中国再也没有出现过这样的都市。人们只能通过文献记载和考古资料去推测它辉煌的过去，去缅怀它在历史上的崇高地位。长安城的毁灭使中国西部经济社会的发展遭受了严重的挫折。中国西部失去了国际化的大都市，失去了与各地关系密切的中心城市，失去了聚集在首都圈中的人才和财富，经济社会的发展受到直接的冲击。

由于长安失去国都地位，浐灞地区的地位明显下降。宋元明清时期，中国政治经济文化中心转移，西安下降为西北地区的军事重镇，浐灞地区也随之沉寂。

宋代浐灞所在的长安县属京兆府，领于永兴军路。元代此地隶咸宁，属于奉元路，领于陕西行省。明清两代隶咸宁，属西安府，领于陕西省。这一时期与浐灞地区有关的事件不少。如宋仁宗庆历二年（公元1042年），禁永兴等十一军商盐，改由官方经营。高宗绍兴十二年（公元1142年），宋金划分陕西地界，大散关以北归金所有。宁宗嘉定十五年（公元1222年），蒙古进兵关中，与完颜哈达对峙。京兆百姓往南山避难。理宗绍定三年（公元1230年），蒙古兵破京兆。完颜哈达迁部分京兆百姓于河南。宝祐元年（公元1253年），蒙哥汗遣忽必烈镇守关中。宝祐二年（公元1254年），忽必烈以姚枢为劝农使，教民耕种。元世祖至元十年（公元1273年），忽必烈封其第三子忙歌剌为秦王，在浐水西岸建安西王府。至元十二年（公元1275年），马可·波罗至京兆府城。至元十七年（公元1280年），忙哥剌死，世子阿难答袭封安西王。明太祖洪武二年（公元1369年），改奉元路为西安府。洪武三年，封朱樉为秦王。诏耿炳文、濮英重修西安城墙，在城东北营秦王府城。世宗嘉靖五年（公元1526年），陕西巡抚王荩重修西安城墙，在少陵原畔修杜公祠。天启七年（公元1627年），德国传教士汤若望来西安，搜集地形、物产、气候资料，确定经纬度。思宗崇祯九年（公元1636年），陕西巡抚孙传庭在西安府城四关修建郭城。崇祯十六年（公元1643年），李自成入西安，改名长安，称西京。崇祯十七年（公元1644年），李自成在西安称王，国号大顺，改元永昌。清世祖顺治元年（公元1645年），李自成离开西安，多铎率清军入城，在咸宁县东北筑满城。康熙四十三年（公元1703年），康熙出巡，抵达西安。乾隆二年（公元1737年），陕西巡抚崔纪行疏龙首、通济二渠，导水入城濠。目前发现宋元遗存 9 处，明清遗存 27 处。

宋代以来曾对灞桥进行过多次扩建和维修。宋元祐年间，曾拆毁唐碑 300 余通维修灞桥。元至元三年，刘斌集资重修灞桥，隋代所修灞桥遂废而不用。清道光年间，又对元代灞桥进行扩建。

元代在此地修建了著名的“斡尔垛”。“斡尔垛”，蒙语“宫殿”之意。斡尔垛遗址俗称达王殿，即元代安西王府遗址，位于西安城东北约 3 公里处，东距浐河 2.5 公里，南距秦孟街村约 200 米。这里为龙首原东去之余脉，地势高亢而平坦。元世祖于至元九年（公元 1272 年）封其第三子忙哥剌为安西王，命其控制西北与西南。至元十年（公元 1273 年）诏命京兆尹赵炳主持建安西王府。《马可·波罗游记》中记述了安西王府的高大城垣宫殿的壮丽。这一建筑沿用近百年，毁于元末。

明清时期关中的地位略有上升。明末李自成曾在灞桥两岸与明军激战。清代同治年间，捻军也曾在此与清军作战。战争和动乱在一定程度上制约了这一地区的发展。明清时期这一地区也有一些较为重要的文化遗存，东岳庙和八仙庵就是本区西部与宗教有关的名胜古迹。

直到浐灞生态区成立，浐灞地区在历史的河道中，又起波澜。

浐灞生态区的基础设施日渐完善

第三章

丝路起点筑新城

说完了历史，请允许我整理一下心情。我不厚古薄今，甚至有时候也会自我安慰，如果望春楼还在，灞桥依旧，浐灞的模样又会怎样！

然而正如众多曾经繁荣的历史名城，过度密集的人口，对自然无止境的掠夺，让曾经天人合一的绿色长安渐渐褪去了骄人的颜色。

在唐以后的日子里，都城地位的失落，让西安曾经鲜活水灵的容颜在人们的记忆里渐行渐远，只累积成一层层厚重的历史。“传统、古老、纯朴、黄土”成了西安在人们脑海中的刻板印象。

曾经浩浩汤汤的浐河与灞河也只剩下了两条涓涓细流，在西安城边呜

昔日被垃圾污染的河水（资料照片）

咽流淌，当年的美丽风光已然不再，昔日的“灞柳风雪”“芦苇惊鸿”也芳踪难寻。

随着城市的发展和生态环境的恶化，浐灞河沿岸区域逐步沦为城市死角和生态重灾区，两河河道日渐萎缩，污水横流，垃圾成山，沙坑遍布成为两河的真实写照。

浐灞，这个中国历史上曾经最具诗情画意的地方，这幅曾经杨柳依依、水波浩淼的优美画卷，如今已经是如此的破败不堪。

十年前，浐灞生态区的开拓者们站在浐灞河交界处，看着绵延几十里的垃圾山，污水横流，荒草丛生，有的不仅仅是惋惜和失望，更看到了事业的宏大和责任的巨大。

这么荒凉的地方！和以前看到听到的开发区比，先天的不足，投资的巨大，工程的浩大，诸多的难题摆在浐灞管委会领导面前，同志们也在心里纳闷，作为西安的一个开发区，浐灞怎么会是这个样子?

没错，面对着千疮百孔、严重毁容的浐灞两河，建设一座新城，把浐灞从“生态重灾区”建设成“生态强区”，重新改写西安的城市版图，这是一个大难题，但更成为新一代浐灞人的梦想与目标。

十年筚路蓝缕、勇为人先，浐灞生态区在磨砺与探索中，在这块129平方公里的区域上大步前行，以践行者和开拓者的姿态，朝着“打造国际化管理团队、建设现代化生态新城”的恢宏目标，遵循着天人和谐的轨迹，创造性地践行“新城市主义”，谱写了一首动听的绿色奏鸣曲，奔走在中国生态经济城市浪潮的潮头。

奠基千秋基业

工业文明让地球飞速转动，也带来了一些很难愈合的硬伤。在伦敦维多利亚和艾伯特博物馆，我巧遇了鲍姆·约翰，他喜欢狄更斯，喜欢莎士比亚，喜欢神秘的东方文明。“在追求诗歌和歌剧之前，我们总要先健康幸福地活着。”他受够了伦敦的大雾天气，他开玩笑地说如果有可能他会找瓦特深入交谈一次。

浐灞倒没有伦敦那样的工业文明痕迹，却实实在在的从皇家园林变成垃圾场。老胡最有发言权，他一直就住在距离世园会园区500米的村子里，在这里已经住了几十年。在他眼里的浐灞，到处都是沙坑、垃圾，曾经的景象真的是不堪入目，“每次偶尔走到沙坑处，都要将头伸出去好远，才能看到沙坑底部，真是非常可怕的事。后来沙坑都被各种各样的建筑垃圾、生活垃圾所填满，直到堆成一座座垃圾山，周围都臭不可闻……”

如老胡一样看法的人很多。十年前，一提起浐灞，人们总会想起乌黑发臭的污水、蚊蝇肆虐的成山垃圾和犹如疥癣般遍布河床的挖沙坑。

比老胡年轻几岁的刘星曾因为这样的浐灞致富，“以前我可是经常在这里挖沙子的，一天可以挖好几车出来呢。”的确，曾经的灞河中游段，每天都有五六十家沙石场的抽沙机和几百辆轰鸣的挖掘机在不停地忙碌劳作，齐齐将铁爪伸向河床，挖得河床面目全非。浐灞河由于河沙质地均匀，颗粒细润，而被公认为最佳的建筑用沙，可是这一定论，带给浐灞河的却是痛彻肺腑的灾难，沿河挖沙滥采非常猖狂，浐灞河已经遍体鳞伤。

愈演愈烈的挖沙风，不仅使得浐灞河床严重下切达6米之深，而且河道里“沙石山”星罗棋布，河堤处深沙壕到处都是，河床成为千疮百孔的“险滩”。这些沙坑堵在河道里，河水流经这里的时候，就会被沙堆、沙壕阻流，清水变浊流，在突兀的“沙石山”和沙壕里打转、回旋，地质灾害隐患严重。上世纪90年代，就曾经因为挖沙而造成灞河桥跨塌、陇海铁路中断。

来到位于浐河岸边灞桥区十里铺街道办的米家崖村，这里再也见不到堆积如山的垃圾，也闻不到昔日刺鼻的味道，取而代之的则是鸟语花香。可是谁能想到，这里曾经是新石器时代遗址，十年前还是西安的一个垃圾场，几座垃圾山堆起来大约有几十层楼房那么高，如果要用大卡车来运这些垃圾，至少得拉几万车。

正是由于长期的无序发展和多头管理，直接导致浐灞河城市段成为了城市建设的盲区，也成为城市垃圾的堆放地。据浐灞生态区当时的调查，在浐河和灞河两岸曾有十余处的河段垃圾成山，垃圾堆放量竟高达500万立方米，直接导致原本宽敞、干净的河道被垃圾压缩到只有五六米宽，不仅严重污染了河流的水质，也对周边居民的身心健康构成了严重威胁。

近代以来，浐灞河就面临着严重的河流污染，浐灞河东西两岸的纺织城和军工城的生产和生活污水也是直接排入浐灞河，使得浐河、灞河一年

昔日因非法挖沙而残破不堪的河道（资料照片）

接纳的污水量就有 5000 多万吨，占了西安市污水排放量的 1/6。尤其是浐河，污染更为严重，仅沿岸工业污水排污口就超过了 40 个，每天排入的污水有 10 万吨，年排放量高达 3000 多万吨，占据了浐河年径流量的六分之一。“那时的水，臭死了，人一到跟前，苍蝇能够扑你一身”，北牛寺村妇女王小宁回想起过去的情景，十分感慨。

提起过去，老浐灞李建民也是直摇头，他说：“在家里吃饭，不敢掀门帘，要不苍蝇能趴到碗边”，还有更闹心的，“给家里打个井，倒是很快见水了，可是必须沉淀一下才敢喝，而且不用几天，水壶底就有一层厚厚的水垢，你喝这水能放心吗？”

面对着这样千疮百孔、破败不堪的浐灞，想象着这里曾经被李白和杜甫描绘的诗情画意的胜景，不由让人心痛，发展让生态付出了代价，人祸让人类自己遭孽。

然而传统印象并非一成不变。如今，驱车在浐灞生态区，路畅景美的新区景象让人心旷神怡，“灞上烟柳长堤”的诗意画面扑面而来。成年柳树黝黑的躯干，新发柳枝袅娜的身姿，生态护堤的姹紫嫣红，粉嫩嫩地开着的杏花，吐露着芳香的樱花，娇艳满目的桃花，波光粼粼的浩淼水面，让人似乎游走于花的天堂。这里的水和绿，异于园林式建设的生硬和堆砌，带着浓浓郊野风貌，人在其间，更感自然的博大与生趣。

步入21世纪，生态文明和生态城市建设的浪潮在全球范围兴起，从征服自然、破坏自然到回归自然、珍爱自然的新理念形成，保护地球就是保护我们自己已成人类的一项共识。2004年9月，历经岁月尘封的浐灞河流域终于迎来了发展的春天。

2004年注定是西安建城史上一个非常重要的年份。

这一年，西安不仅发表了它的“白皮书”，即《西安城市发展白皮书》，提出了“国际化、市场化、人文化、生态化”的发展理念，也从此开始了“唐皇城复兴”计划。也是这一年，建国55年以来西安第四次城市总体规划《西安2004—2020年城市规划》的编制正式启动，600平方公里的规划区和600万城市人口的宏大规划，让人们看到美丽西安的未来倩影。

绿色发展的浐灞生态区

如果从公元6世纪隋朝在西安建“大兴城”开始算起，到当时的2004年，经过1400多年的建设，西安市的城市建成区是207平方公里，城市人口大约为300多万。按照第四次修编的城市规划，如果西安市城市增容要达到600平方公里的规划区和600万城市人口，意味着城市建成区要增长将近2倍，而人口增长将近1倍。这是一个“大西安”的概念。比起西安历史上最辉煌的唐长安城84平方公里和100万人口，面积将增加8倍，人口将增加6倍。

也就是在这样的背景下，西安市审时度势，顺应世界潮流，成立了浐灞生态区。刚挂牌的时候虽然它还不叫这个名字，而是叫了一个很长的、还有些绕口的名字——西安市浐灞河综合治理开发建设管理委员会，但西安市政府对它的功能定位，首先是西安市的生态补偿区，其次，它还承担着拉大城市骨架、疏散老城人口、推动西安快速迈向国际化快车道的重要职责。也就是说，它要通过对两条河流流域的治理，为西安建成一个未来能够容纳55万人口的新城区。

浐灞生态区北起渭河南岸，南抵绕城高速，西到西铜公路，东至西康铁路，包括浐河、灞河两河四岸的南北向带状区域，规划面积是129平方公里，相当于西安老城区（古城墙以内城区）11.9平方公里的10倍，也相当于西安已建成城区面积207平方公里的二分之一强。

除了可以用这些数字表达它的规模以外，更重要的意义还在于，它是体现西安“国际化、市场化、人文化、生态化”城市发展新理念的一座最具现代化意义的，人类21世纪的新城。

著名城市发展策划人王志刚曾说过，西安需要一个能够承载城市新战略使命和梦想的新城，一座注重可持续发展、注重产业与城市化同步推进、注重人文精神的新城，而浐灞生态区生逢其时，将是“第三代新城”代表。

按照总体规划，浐灞生态区的建设将分三期推进：一期重点建设包括浐河、灞河城市段综合治理和以浐灞三角洲为核心的中心区，从2005年起大约用10年左右时间完成。二期重点建设“两塬夹一川”的南区（杜陵塬、白鹿塬夹浐河川道地区），从2008年起到2015年基本建成。三期重点建设绕城高速以北的北区和浐灞河沿河经济带。

浐灞生态区正是以“河流治理带动区域发展，新区开发支撑生态建设”

为发展思路，远景目标是把浐灞生态区建设成为生态环境优美、人与自然高度和谐、“宜居宜创业”的西安第三代新城。新区重点发展物流、金融、旅游、商贸、会展、文教等第三产业。生态、文化、现代是区域发展的三大特色。

与此前的以企业为中心的第一代新城、以产业为主体的第二代新城相比，第三代新城简单地来说，就是以人为主体的城市，将人与自然的和谐、产业与人居的和谐作为城市建设的最高原则，把生态环境建设作为城市发展最核心的问题，是在“宜居宜创业”导向下的城市新中心，将是以“和谐发展”为指导的“后工业城市”，以打造产业、居住、生态、文化四位一体的城市体系为目标。

浐灞生态区在建设的过程中，正是对城市本位认识有了理性的思考，在城市发展的最新理念上，建设了这座“大水大绿”的新城。

“西安的第一维是历史，属于过去。第二维是现代工业文明，属于现在。而第三维是生态文明，意喻未来。”时任决策者王军的一席话，浐灞生态区的生态事业让西安的印象越来越有立体感。

看似只是一个机构的成立，但从此一切都有了魔术般的变化。浐灞生态区按照“生态优先、基础设施优先、社会事业优先”的原则，围绕着治河、治水建设生态文明，改善水质、涵养水源、创新堤防设计。生态环境治理成效显著，城市建设初具规模。浐河的水清了，灞河的水多了，河里的鱼欢了，岸边的人乐了……

我到浐灞的次数，也越来越多了。

抒写绿色传奇

如今站在浐灞河畔眺望四周，唯有感叹浐灞开创者的伟大。“筚路蓝缕，以启山林”这句话原意是条件非常艰苦地去开辟山林，现在用以形容开创事业的不易。而浐灞生态区则是凭借这种精神，通过不懈的努力，依托区域的优势开创新的城市发展奇迹。

在短短的几年里，用生态文化包装城市形象，用文化力量支撑城市建设，以生态复兴推动城市复兴，将西安“山水之城”的生态内涵演绎到了

浐灞生态区的春天

极致。在某种意义上，它贡献给城市的，不仅仅是生态环境质量以及地域经济、人文价值的提升，更向世界敞开了一个绿色的怀抱，用绿色拥抱世界！

在初创阶段，对于浐灞生态区而言，最急需解决的，既有如何建设生态化这个城市新区的实践层面上的难题，还有什么是生态化，为什么要把浐灞建设成生态城市新区的理论层面的难题。直白来说，就是如何来确定浐灞生态区的发展思路、区域定位以及工作理念。

如果把当时的浐灞生态区看作是一张被涂抹得一塌糊涂的白纸的话，那么它的画师要考虑的已经不再是如何把它弄干净，而是要在上面画什么的问题，这样才能找准切入点，选对突破口，打好第一枪。这对当初的主要负责人王军和杨六齐而言，是很困惑的问题。

其实早在 1997 年在巴黎进行考察的时候，在高耸的埃菲尔铁塔上，

浐灞生态区用科学的治水理念和不懈的努力，成为西部生态文明建设的标杆

他们看着淹没在绿海中的巴黎，就已经在记忆中打上了深深的绿色烙印。绿色发展，生态化这些当时还没有成为主流的发展形态，已经悄然在他们的思想深处生根发芽。他们强烈而又清晰地认识到浐灞的发展，必须坚持生态优先，必须坚持“生态为主，开发为辅”，用绿色的引擎来点燃金色的未来。

杨六齐这位拓荒最早的播种者，在浐灞生态区建设五年之后，说到这个问题的时候依旧满面凝重。他认为“生态化，是没有问题的，但是作为刚接手这个工作的人来说，如何来做这个生态化？到底要把浐灞做成什么样？那时几乎所有人心里还都没有底。”

的确，虽然当时给浐灞生态区的定位是“新型城区、生态区、商务区、景观区”，但是关于生态化、城市生态化、生态化城市建设这样的理念，很多人还只是理解为栽树、种草，没有一个完全清晰的概念。

在西安这样一个水资源缺乏的西部内陆城市，建设一个生态化城市新区，无成功经验可借鉴，无现成的实施方案可遵循。“我们有了目的地，但是却没有导航仪和指南针，也没有地图可以看，只能自己‘探索’，但

是这个并不是没有'路径'可以选择，而是选择太多，特别是每一种'路径'的选择，都会出现不同的结果，这个选择只能是唯一的，结果也是不可逆的。"正如杨六齐所说的那样，选择怎样的发展模式，是摆在先行的浐灞建设者们面前最现实、最急需解决的头等难题。

虽然有很大的难题要解决，但是在浐灞的领军人物那里，在满怀着创建激情的浐灞建设者们那里，从肩负起第三代新城建设重担的那一刻起，他们就强烈地意识到，只有站在城市发展的高度上，用世界的眼光来看浐灞，来定位浐灞，规划浐灞，才能不辱使命。

在他们既朦胧又清晰的潜意识里，浐灞不是一个一般意义上的开发区，而是未来新西安的城中心，是现代新西安的代表，只有把浐灞新区的建设提升到打造第三代生态新城的品味，吸收人类城市建设最新理念，建设中国一流城市新区，打造全国新城建设的范式，才能把浐灞建设成一座百年不落伍、千年受推崇的新城，才能不枉此行。而这需要的不仅仅是胆识、毅力，还要有大谋略，大智慧。

于是，在建设伊始，建设者们组织力量深入开展区域状况调查。在总结各地开发区和新区建设经验教训的基础上，确立了“谋定而后动”的工作思路。并且借用外脑，先后聘请著名经济学家、知名专家以及战略研究策划机构，对浐灞生态区未来的功能定位、远景目标、发展模式、开发思路、产业特色都作出前瞻性、统筹性的战略研究和规划设计。

经过详细调研和分析，终于找到了适宜的发展路子：先治理后建设开发，河流治理带动区域发展，新区开发支撑生态建设……

他们是这样想的也是这样做的，建设者们先从治理三大生态灾害着手。

“师法自然”，生态治污。浐灞生态区从河流治理、生态重建到区域全面建设，其核心理念是“师法自然”，即遵循历史遗留下的生态基础、环境体系和河流格局，在恢复与再现的基础上丰富其内涵。浐灞实施了碧水工程，17 公里的截污管道将污水导入第三污水处理厂；雁鸣湖千亩湖泊湿地，树立非人工净化治污模式；污水资源化示范工程，利用现代生物技术，变污水为资源水，实现治理效益化……

人弃我用，变废为宝。在处理垃圾问题上，采用现代技术进行防污处理，再聚之成山，覆土其上，广植桃花，使曾经的垃圾场幻化为“桃花岛”，

昔日桃花潭景区旧址

今日环境优美的桃花潭景区

又辟水而入，形成“桃花潭”，不但有效解决了垃圾问题，更形成桃花潭水深千尺、浐灞风光浐灞情的别样风光。

循形顺势，科学治沙。浐灞河管委会成立后第一件大事便是治理沙患。短短数月，40 多家非法采沙厂被取缔，西安一时“灞河沙贵”。广运潭生态景区项目上马后，因地制宜，对采沙形成的沙坑进行整形，取坑为湖、取陆做洲，引灞河之水注之，遂湖中有岛、岛洲相连，洲内有潭、积潭成渊。

浐灞生态区将浐河、灞河流域的治理作为最大的特色，以生态治理为基础，按照“生态优先、基础设施优先、民生优先”的原则，围绕着治河、治水，改善水质、涵养水源、创新堤防设计、建设生态文明。

紧随其后的是一系列大手笔的运作，桃花潭景观区工程、雁塔段千亩湖泊湿地、浐河碧水工程、广运潭生态工程、灞河入渭万亩湿地工程等五大生态工程先后实施。而 2011 西安世园会更是让全世界震惊——地处西部的北方城市经过几年的努力，营造出了一个生态之城、自然与城市和谐共生之城。紧接着 2012 年 2 月份启动的浐灞国家湿地公园又成为西安生态建设的鸿篇巨制。

建设国际化大都市不是谋求一般常规性的城市发展，不能仅走扩大经济规模和增强经济实力的传统城市发展道路，而是要根据战略定位和发展路径实行全面的城市转型。中国的城市建设历经 30 余年的迅猛发展后，城市生态越来越受到重视，生态已成为城市幸福感、综合实力的重要指标。

在过去的建设历程中，浐灞生态区从“建设西部第一水城”，逐步转变为建设“国际化、现代化、人文化、生态化”城市新区；从“治水”“植绿”，走向区域生态重建，走向完善城市功能、促进城市和谐发展，走向尝试和实践生态文明建设。随着区域生态承载能力的大幅提升，浐灞生态区已经成为西安国际化大都市建设的重要生态涵养和补偿区。

生态化的浐灞乐章

2013 年 5 月，一位作家朋友去北京参加了一个笔会，会议间歇，一帮人谈起了毛乌素的治沙情况。据与会的朋友介绍，现在的毛乌素沙漠里偷鱼贼横行，当地政府甚至专门组织了护渔队。对于西北内陆来说，这是多么奢侈的一件事。听起来，这是毛乌素生态改变的真实故事，其实，距离毛乌素不远，西安浐灞的变化更值得一看。

如今，“生态园林城市”成为西安市新的建设目标，因“大水大绿”而常常被西安市民挂在嘴边的浐灞生态区再一次走在了队伍前列。

西安的生态是需要“复兴”的。历史告诉我们：城市文明衰落的背后，往往是对生态的破坏。千年前繁华的广运潭，其兴衰见证了唐朝的兴衰，因此，西安走向国际化大都市必须恢复生态。

“生态化是浐灞生态区不同于其他区域发展的核心竞争力。浐灞生态区是西北首家国家级生态区，只有在生态建设方面独树一帜，其先进性、竞争力才会持续保持，区域价值相应增加。”杨六齐一直在强调生态化的重要性。

2011 年，花香满园、炫彩夺目。西安世界园艺博览会成功举办，迎来了五湖四海的游客，也彻底改变了他们对西安的印象。这不仅仅是一座古城，也是一座富有生机和活力的新城。

世园会把西安从一个城墙环绕的内陆城市，带入了大河穿境的水上城市。夏季的傍晚，徜徉于河边，从习习凉风中可呼吸到水的滋润，没有市区中的污染与喧嚣，有种人间天堂的自豪。

世园会的举办，让浐灞生态区成为最具“光环”的开发区，在这片黄土地上创造了一个奇迹，令“天人长安，创意自然，城市与自然和谐共生”之曲唱响世界，让1000万名中外游客在满目青翠、盈耳鸟鸣中领略了西安的山水之美，千年长安重回世界舞台中央。

在世园会圆满结束后，这里更进一步建成了国内唯一一个免费向公众开放的4A级景区——西安世博园。随着后世园效应的持续凸显，生态区先后获得“亚洲都市景观奖”“全球城市绿色发展杰出贡献奖”“全球最佳绿色创意奖”“全球城市最佳绿色变革经典案例奖”等殊荣。这让西安市规划委员会总规划师、著名规划大师韩骥也深感欣慰，浐灞生态区的可持续发展的城市理念，促进了城市精神的延续，激发了城市持续发展的活力，提升了城市的综合价值。

西安世博园自然馆

继世园会之后，浐灞国家湿地公园是目前浐灞生态区打造的又一个生态“鸿篇巨制”。

天水之间飞翔着的一群群鸥鹭、天鹅，烟波浩渺的芦苇丛中不时传来嘎嘎的野鸭叫声，还有不知道名字的水鸟躲在芦花下缓缓游弋，成群的鱼儿在清澈的水里若隐若现，这里就是被赞誉为“心灵的栖息地，生命的赞美诗”的西安浐灞国家湿地公园。

如果把森林比作地球的肺，那么分布于全球的湿地就是地球的肾。西安浐灞国家湿地公园就是西安的生态之肾。地处西安东北部灞河入渭口三角洲区域的西安浐灞国家湿地公园，总面积 5.81 平方公里，由原生态湿地公园、亲水休闲乐园、绿动灞水运动公园、灞桥柳河展示园和百花千树植物园组成。

作为西北地区首批列入国家湿地公园项目之一的西安浐灞国家湿地公园，从 2008 年开始建设，于 2014 年 4 月 28 日正式开园，荷叶田田、蜻蜓飞舞的荷塘湿地，竹影摇曳、蛙鸣阵阵的池塘湿地，土壤湿润、水泊点点的岛屿沼泽湿地，沙柏葱茏、生机勃勃的沙湾湿地，树丰草茂、土地肥

西安浐灞国家湿地公园入口景观

沃的旱沟湿地，溪流淙淙、柳叶漂游的溪涧湿地，还有农田果园相伴、小路水渠相接的村落湿地，七大湿地类型，一片接一片，仿佛大自然编织出的水网。

灞桥垂柳曾经是有名的“关中八景”之一，但是，随着生态的恶化，曾经的美景不再。为了恢复这一盛景，浐灞国家湿地公园建设了面积约为7.7 亩的柳园飞雪区，14 种 2 万棵柳树再现了“灞柳风雪”的壮景。

“河面清澈宽阔，白鹭翩翩起舞，绿地一望无际。太美了！谁能想到这里在多年之前是一片乱沙坑和垃圾滩，和现在比简直就是天壤之别！”从小就在浐灞的村子里长大的陈武，自从工作之后都住在高新区，很少再回到浐灞来，做梦也没有想到他的浐灞会变成现在的模样。

走在湿地公园无论从哪个角度看，都能看到广袤的天空、自由飞翔的鸟群、随风吹摆的草木、清澈的湖水这样一幅优美的“画卷”，尤其是那一片荡漾在风中的芦苇特别吸人眼球，轻柔的风姿仿佛能扫尽一切闷热。

“在湿地公园引入灞河水入水口处的那片芦苇，以及其他水生植物，除了看起来美丽，还可以降解污染，净化水质。”浐灞国家湿地公园的一位专家则从生态方面给我作了科学解答。

他说，湿地的水取自灞河，经过取水口、沉沙池、功能湿地、水生植物自然降解、退水口这样层层净化后，又回到灞河里去，日引水量近 8 万立方米，是名副其实的“灞河肾”。湿地公园强化生态涵养功能，在一定程度上诠释了“八水润西安”战略对“润”的定义和要求。同时，由于公园地处西安市上风口，湿地水汽蒸发，对全市的气候能起到湿润的作用，被称为“灞河肾”的浐灞国家湿地公园建设的真正意义，体现在“一江清流送渭河，一缕清风送西安”。

让世界重新认识西安

发展红利，人口红利，在浐灞生态区提及更多的，是生态红利。一位西安市环保局专家给我提供了一组数据，浐灞生态区的负氧离子含量是城区的数倍，换句话说，也就是浐灞的环境质量比西安市主城区好数倍。我曾经跟很要好的朋友开玩笑说，“哪天，我带你去做件最奢侈的事，就是

欧亚经济论坛永久会址

去浐灞呼吸新鲜空气。”

生态环境也是生产力。经过 10 年发展，西安浐灞生态区凭借良好的生态治理成果，受到外界瞩目，其生态价值也步入兑现期。随着基础设施逐渐完善，浐灞以金融服务为核心，以旅游休闲、会议会展等为支撑的现代产业体系也开始显山露水。西安金融商务区、商贸园区、浐灞湿地园区、总部经济区、雁鸣湖园区、世园园区的建设，生态建设的边际效应在发酵放大。

更重要的是，随着“丝绸之路经济带”建设热潮的涌动，西安浐灞生态区亦成为西安丝绸之路经济带建设的重要支撑。譬如，西安金融商务区、西安领事馆区等重点项目建设早已启动。

对于浐灞生态区而言，在丝绸之路经济带建设过程中，有着诸多的先天优势。

作为上海合作组织重要会议——欧亚经济论坛的永久会址亦落户浐灞生态区。每两年举办一次的欧亚经济论坛，已然成为东西方经济文化交流的重要平台。来自 75 个国家和地区的政要、各界人士聚首欧亚经济论坛永久会址——西安浐灞生态区时，浐灞，这个盛唐时汇通天下的水运码头——广运潭所在地，再一次在通联欧亚各国、促进区域繁荣方面发挥重要作用，世界的目光也再一次在这里聚焦。

事实上，与丝绸之路经济带建设相关联的重大项目，还有西安领事馆区项目。作为西安市对外开放重要举措的西安领事馆区，被赋予了各种想象！

作为西安市东北部的国际化窗口，西安领事馆区及周边区域的规划设计定位为“田园城市，立体公园”，综合解决经济、交通、能源和自然环境之间的协调问题，打造为创新型、开发性的“国家绿色生态示范城区”中的“示范区”。西安领事馆区项目的建成，将极大助推丝绸之路经济带的建设。

上海外滩的金融区，是楼看楼；到西安金融商务区，则是楼看花，是隔着灞河俯瞰整个世园会会址。2010 年 1 月，浐灞金融商务区正式命名为西安金融商务区，这一变化赋予浐灞生态区发展的“金色引擎”。

西安金融商务核心区东临灞河、西接浐水，规划面积 14.56 平方公里，与西安世博园隔灞河相望。其为西安国际大都市的金融核心区，关中——天水经济区金融服务支持基地，中国西部区域金融创新实验区，必将随着西安城市化的发展，发挥出巨大的经济作用。

对西安金融商务区在丝绸之路经济带建设中的作用，陕西亦有明确定位。2013 年 11 月，陕西省委书记赵正永在“加快丝绸之路经济带新起点

西安领事馆区效果图

苏陕国际金融中心

建设座谈会”上的讲话中指出：围绕“政策沟通、道路联通、贸易畅通、货币流通、民心相通”的五通要求，扎实做好十件事，“加快建设面向中亚、服务西部的区域性金融中心”。

作为省市打造西部重要金融中心的具体承载，西安金融商务区已初具规模。未来的西安金融商务区将作为西安国际大都市的金融核心区，在西部经济发展中发挥核心作用，进而成为西部经济与金融发展的增长极、国际性金融机构区域总部的首选地，为中外各国提供先进、完备、高效的金融服务。

生态与财富是孪生姐妹，随着浐灞生态区的巨大改变，国内外的投资商也闻声而来。

发展总部经济是提升城市品位、推进产业升级的有效途径。位于生态区核心地段的浐灞总部经济区，已吸引国家西北荒漠沙化监测与培训中心、陕西省水利电力勘测设计研究院等多家国内大型科研设计院建成总部科研基地，国内外知名企业麦德龙、迪卡侬、新丰泰汽车 4S 店、联合国教科文组织儿童国际夏令营永久营地、华海酒店，以及西部首家数字出版集团等多家优质企业和组织的进入，使浐灞总部经济园区成为陕西省唯一应邀加入“中国总部经济发展先行区战略联盟”的代表。

新加坡盛邦、香港恒基兆业、恒大地产、香港中新、深圳振业、上海绿地等国内外知名企业纷纷落户；香江国际财富中心、苏陕金融中心，以及包含奔驰、凯迪拉克、进口大众等 10 多个汽车品牌在内的汽车主题公园等项目先后开工建设；国家林业局西北设计院、省水利电力勘测设计院等科研院所纷纷签约进驻，浐灞生态区正在焕发出前所未有的青春活力。

在生态文明建设这一发展路径指引下，西安浐灞生态区经过十年的努力，开创了一条生态治理与城市建设的共赢之路，成为西安最具发展活力的区域和创业投资的首选之地。

预计到2020年，浐灞生态区将基本建成拥有人口55万，集生态、会展、商务、休闲、文化、居住等功能于一体的新城区，成为产业发展与城市化同步推进、注重人文精神与自然和谐的生态水城、商务金城、宜居福城——成为“人与自然和谐、产业与人居和谐”的第三代新城！

第四章

水城生香

华夏故都、山水之城……西安，千年古都正焕发新姿。

近年来，幸福的西安人坐拥如城墙般厚重的历史文化文明的同时，也拥有着清流浩浩、白鹭翩翩的江南水乡风情，万亩水域和万亩绿地蜿蜒曲折，柳风长堤、镜湖帆影的历史景观重现眼前……这一切得益于西安城市东北部崛起的浐灞生态区。

而良好的生态环境和完善的基础设施，为浐灞生态区发展产业奠定了坚实基础。浐灞生态区迎来了实现生态价值和产业价值的黄金期。

天人合一 山水之城

西安建水城，似乎有点两河文明时巴比伦空中花园的感觉。对于西北内陆城市来说，纵然历史上有很多漕运和水运的先例，但是因水成市，好像过于大胆。

“浐灞没有可以遵循的先例，直到现在，我们都是在科学发展的规划下工作。”说这话的时候，管委会主任门轩还是那么自信。

在西安浐灞生态区过往十年中，西安方面希望在浐灞生态区所属的区域内，找到并实践区域生态重建投入与城市价值产出之间的盈利空间，进而完成一个新城区的打造。基于此，浐灞提出的发展思路是“河流治理带动区域发展，新区开发支撑生态建设”。

这当然是一个美妙的思路设计。十年前，生态、环保、绿色等发展理念尚未如今日一样被普遍纳入到城市发展规划中，而且，纵然是在今天，更多的城市发展现实表明，规划理念和现实决策之间还是有很大距离。

十年间，浐灞生态区在浐河和灞河河道和流域治理的基础上，以发展现代服务业为定位，开拓了会展经济、赛事经济，如今又在打造总部经济和金融商务区，再次走上了转型之路。

在这整个过程中，浐灞生态区的决策者都在等待一个等式的节点的到来和一个不等式的延续、成长。所谓等式的节点，是指这一地区的产出终于和投入扯平；所谓不等式，就是持续的产出大于投入的时期，浐灞生态区开始进入城市成长和发展的回报期。

这是一度让浐灞生态的建设者有些焦虑的等待过程，也是一个探索与思考的过程——抛却口号化的政绩观表述，城市生态治理投入真的能够实践出经济合理性的可能吗？尤其是在区域和城市经济发展时常面临宏观经济周期以及国家的宏观调控周期的影响的情况下。

2010 年 10 月 17 日，在国家环保部组织的国家生态区考核验收中，浐灞区生态区顺利通过，成为中西部地区率先晋级国家级的城市生态区。时间和结果让浐灞生态区用十年的发展，回应了学界、业界乃至政界几乎遍布的忧虑和质疑的声音。

在现代西安市的城市发展中，浐河和灞河长期以来处于城市边缘地带，加上河水污染严重、径流量剧减，不仅昔日风光不再，而且两条河水原本所具有的生态功能也已基本丧失。

浐灞生态区灞河河道景观

进入新世纪以后，随着西安中心城市的扩容和第四次城市规划修编，浐灞河城市段已成为西安中心城区的重要组成部分。

2004 年 9 月 9 日，西安市浐灞河综合治理开发建设管理委员会挂牌成立，并由当时西安市委常委王军担任管委会党组书记和主任。

“管委会刚成立的时候，王军书记提出要把浐灞生态区打造成‘西部第一水城’。所以当时我们作规划，生态几乎就是唯一目标。”上海同济城市规划设计研究院总工程师李毅对西安市的规划了如指掌。

实际上，生态治理也可说是西安市最初设立浐灞管委会的一个最主要目标。

“在去年之前你可以感觉到浐灞在产业方面的发展相对比较慢，因为

灞河 2 号码头

生态一直是这个区发展的重点。但经过努力建设，生态治理基础上的浐灞已经迸发出产业的活力。”曾任西安市发改委副主任的惠应吉也持同样的观点。

“但问题是，生态治理必须要有大量经济投入，否则治理成果甚至很难维系。而且，如此大的一片区域内，不可能仅有水和绿，否则就不成其为城。当初确实有过这样的建议，就是把浐灞这个地区完全作为一个生态区，不再进行经济开发。”

后来的发展现实表明，浐灞区并没有采纳这样的建议。当初浐灞进行生态治理投入了大量资金，而这些投入都在等待着能够有所回报。对于因需要治理浐河和灞河而成立的管委会而言，最开始的时候可以说是白手起家。当时，除了公务保障方面的一些经费之外， 他们所需要的治理资金只能来自于自己的创造和眼前这片尚显得荒芜的土地。

不过有些生不逢时的是，浐灞区在成立的时候赶上了一波政策“寒流”。当时，国家对开发区进行政策调整，由支持鼓励转为清理整顿。同时，土地政策和金融政策也呈现紧缩趋势。

最终，国家开发银行向浐灞区管委会抛来了橄榄枝，贷款 15 亿元人民币用于浐灞区的河流治理。这笔钱，可以说是浐灞进行生态治理的启动资金。

关于这笔启动资金，浐灞区内还流传着一个故事。当时的国家开发银行行长陈元因为一次偶然的机会来到浐灞区，面对那时的浐灞，陈元出人意料地感慨道，浐灞是西安保留给全人类的一个礼物，不能就这么荒废掉。

这个故事听上去多少有些传奇色彩。但无论怎样，这笔来自银行的贷款为浐灞的生态治理投入打破了困局。

随着河水逐渐变清、沙坑逐渐减少，浐灞区的生态景观日渐成型，而且道路交通和管网线路等基础设施逐步完善，浐灞区的魅力开始逐步显现出来。

事实上，尽管浐灞的土地在不断升值，但最初规划中一半土地用于绿地的基准线仍未改变。从这个意义上讲，浐灞区现有的土地所能够容纳的企业和人口数量是有一个承载范围的。

最初，西安市的决策者至少是在西安市城市发展转型中所面临的两个困境下作出这种选择的。其一，为了保护西安古城，必须要在古城墙以外的区域找到能够承接古城内人口转移的地方；其二，包括浐、灞河在内的西安市城市水系已经到了不得不治理的地步。两者之间又密切相关。

伴随城镇化的快速推进，城市发展需要更为广阔的空间。西安市向北、向东发展的态势已定，从某种意义上说浐灞区的生态治理是不得已而为之。按照西安城市总体规划和西安“十一五”发展规划，浐灞生态区肩负三大任务：一是生态重建，修复浐灞的生态环境，成为西安的生态补偿区；二是满足疏散老城人口和城市扩容的需要，建设一个宜居新城；三是发展现代服务业，完善西安城市功能，提高西安综合承载力，建设一个宜创业的新城。

十年过去了，浐灞生态区成为西安市生态补偿区的目标基本实现。

浐灞区建成河道一级堤防近 50 公里、橡胶坝 4 座、亲水城市广场 18 个，拥有水面 12000 多亩、绿化 7000 多亩、林地 29000 亩；建成道路近百公里、跨河桥梁 4 座，同步修建雨污水、电力、电讯等各类管线 300 多公里。作为浐灞生态区发展的参与者、见证者，副主任成斌如数家珍。

2009 年 4 月，西安市政府审议并通过了《浐灞生态区国家生态区建设规划》，浐灞生态区成为全国第一个以开发区性质开展创建国家生态区建设的区域，也成为中西部首个开展国家生态区建设的区域。

按照浐灞生态区建设规划，浐灞的发展必须依靠现代服务业，将其打造成为现代服务业新高地——以生态经济、总部经济、休闲经济及循环经济为特色，重点发展金融、旅游、会展、商贸、物流、文化创意、服务外包、科技研发、教育、房地产以及体育等产业。

与上述产业范围对应，浐灞生态区规划设计了六大板块园区——金融商务区、商贸园区、湿地园区、总部经济园区、雁鸣湖园区、世园园区。

目前，西安金融商务区建设已启动，并引进中国银行全球客服中心、陕西环境权交易所、陕西省保险监督管理局等项目；同时启动低碳产业技术园区项目，打造以研发、设计、展示和售后服务为核心的脑部型低碳技术服务基地。

2010 年 10 月 17 日，陕西出版集团数字出版基地项目落户浐灞区。

该项目是生态区文化创意产业发展的标志性项目，总体投资约 20.52 亿元，预计全面运营后项目年产值约 100 亿元，年利税额约 2.5 亿元。建成后，将成为继上海张江、重庆北部新区、浙江杭州、湖南长沙之后的第五个国家级数字出版基地。

在浐灞生态区的官员言谈中，有一句话常常被提起："生态治理一分投入，十分产出；生态开发一分破坏，十分报复。"

"2004 年，我们把'生态区'建设作为目标，但没有现成的模式可循。经过十年的研究探索，一个生态城市的雏形已经出现，但离真正意义上的生态城市还有不少距离，只是打下了比较好的基础。未来几年浐灞生态区将从生态修复和基础设施建设转变为构建产业发展，培养优势产业，加快城市新区的综合发展阶段。"在门轩看来，浐灞生态区发展到第十年的时候，区域产业将实现增值，区域经济将摆脱对银行贷款和土地财政的依赖，生态资源的投入到了即将兑现成为经济效益的时候。

水生财，利万物而不争。浐灞的发展早被精明的商人发现。目前已有新加坡盛邦新业、香港恒基兆业、恒大地产、香港中新、深圳振业、上海绿地等国内外知名地产企业相继落户浐灞。

说到投资浐灞，盛恒地产总经理曹峰深有感受："2008 年时，浐灞房价 3000 元 / 平方米，但是没有人问津。如今 600 多套均价 6000 元 / 平方米

城在水中的诗意栖居地

的房子，被一抢而空。”

而今，他和他的房地产伙伴们正在浐灞河沿岸打造低密度景观房，水元素也开始渗透到房产设计理念之中。一些房地产项目已开始使用中水进行绿化、道路清洗、扬尘控制和景观补水。

几十年的污水渠重现清流，灞河成为市民休闲胜地，浐灞生态区已被市民公认为是西安市人居环境最好、最有发展潜力的区域之一。绿色的生态、优美的环境、壮观的河景、清新的空气，兼具的商业、文化氛围，更使得广大市民对浐灞产生了浓浓的爱慕。

浐灞生态区已是西安新的城市之窗。它以博人眼球的生态、景观、旅游、经济定位，倡导“城市绿肺”“水岸生活”。2011 年世界园艺博览会营造出了以多种植物为主体的自然景观,构建出世界化的园林建筑背景，彰显了西安历史文化和浐灞地域特色的韵味，集中展示了人与自然的相互融合。

从西安市的城市属性来看，“缺水”“少绿”“空气差”无疑是城市的硬伤，因此，广大市民对于河居生活总是充满了无限向往，浐灞的优势

灞河远眺

就在于“多处河景”“绿色生态”“空气清新”，天蓝水阔无疑为浐灞注入了独一无二的元素。

水是文明诞生的摇篮，也是文明存续的命脉。对于西安而言，城市的发源、勃兴、辉煌，水都在其中起着不可估量的重要作用。

十年实践，浐灞生态区在河流治理和生态文明建设方面取得了显著成果，成为全国第一个以“生态”命名的开发区，西北首个“国家级生态区”、西北首个“国家水生态系统保护与修复示范区”和全国唯一一个以“开发区”之姿入围的“全国生态文明建设试点区”。

在桃花潭景区，沿着小岛缓缓前进中，碰到了来游玩的杨先生一家人，他们正在争相拍照中，“现在浐灞变化太大咧，不光环境变好了，还建了免费公园，我们住在这附近，没事儿来吹吹风，看看景。”然而，谁也无法想象，如此优美的生态型景区几年前还是一处堆积垃圾达200万立方米的倾倒场。

桃花潭景区位于浐灞大道和华清路之间的浐河段，占地面积1516亩，水域面积608亩，景区通过塑造自然岛屿，恢复河道生态系统，形成了以浐河河道为轴、东西两岸的景观带。景区的设计和景点命名都颇有浪漫气息，比如，由南至北的三座桥梁，其中，乐山桥可向南看到终南山，取仁者乐山之意；凌波桥波浪起伏，漫步其中能感受河水波涛汹涌之势；乐水桥可远眺灞河，取智者乐水之意。另外，如燕子洲、荷塘锦鲤、春屿芳菲、柳溪栈桥等景点，也都别具韵味，能让人融情于景。

在浐灞生态区，因生态治理而打造出来的生态型景区远不止这一个。以浐河为例，由于河道两边的纵深有限，浐灞生态区因地制宜，在浐河上游、中游、下游分别打造雁鸣湖、桃花潭、浐灞国家湿地公园等景区，并串珠成线，不断丰富河流应有的自然生态环境和人文景观。

这其中，有将垃圾分类处理后就地堆山挖湖建成五湖相连人工湖泊，再在河道滩涂地种植重建植物群落形成的雁鸣湖湿地景区；也有通过治理挖沙泛滥现象，形成具有生物群落恢复、污水生物处理、自然水面恢复等多项生态功能的西安浐灞国家湿地公园。

无论是浐河、灞河还是雁鸣湖，都同时拥有稀缺的景观资源优势。浐灞两河的天然水域，2 万亩国际级湿地公园，5 公里中央内河景观，集滨河大道、城市景观、水面湿地与绿化景观为一体的生态景观廊道等稀缺资源的融合，都最大限度地满足了人们对自然生活的追求。

夏天的城市，到处都是热浪，而在西安浐灞国家湿地公园，即使在午后都能感受到一丝丝凉爽。公园里景色优美，可以近距离接触孔雀、鸭子等禽类，使人有回归大自然的感觉。

人与自然如此和谐共生，鸟语花香、珍禽异兽相映成趣。40% 以上的城市绿地率，20% 以上的森林覆盖率，10% 的区域水系湿地覆盖率，浐灞生态区为所有人准备了一场生态盛宴，是西安当之无愧的“城市绿肺”。

随着生态区环境的日益改善，大面积的林地、湿地和水面景观的形成，为鸟类提供了良好的生存环境，维护了鸟类家园的安全，保护和扩大了鸟类栖息地，使许多珍稀鸟类种群数量稳步增长，生物多样性不断恢复。西安市民欣喜地发现越来越多的鸟儿在靠近城市中心区的绿地、树林安家。不久前，数十年未曾见到的东方白鹳也在浐灞生态区被再次发现，白天鹅、火烈鸟等珍禽在区内相映成趣。目前，浐灞生态区内生活着近 200 种不同的鸟类。

渔歌唱晚的景观画卷，碧柳如烟的生态新城，花满长安的世园承诺，城在水中、水在城中的悠然景象。“大美”浐灞已是毋庸置疑！

十年间，浐灞生态区通过浐灞河流域生态重建，率先推进生态文明建设，探索如何在产业与生态环境之间形成良性互动；通过以生态定位的城市新区建设，探索如何破解城市化发展瓶颈，形成城市生态效益和经济效益的“双循环”。

此前，欧亚经济论坛、F1 摩托艇比赛、2011 世界园艺博览会等诸多外事活动皆因生态而被主办方引入到浐灞区。借助国际之名赛事活动，浐灞甚至西安市正在被越来越多的投资者、旅游者和创业者关注。这其中也包括投资在外的陕西人，有相当一部分投资者由外地撤资重回故里。

这也被浐灞区的官员形容为，浐灞生态区的生态治理的投入所获得的收益已经远远超越经济效益的范畴。

浐河雁鸣湖自然湿地

多业并举 生态先行

城市，终归是人的城市。

城市的终极目标是让人民安居乐业。而浐灞，也在朝这个目标扎实前进。

从“生态重灾区”崛起成为“城市新区”后，如何有效吸引优质项目，从而推动跨越发展？优越的发展环境是关键所在。在“生态优先、基础先行”的建设原则下，浐灞生态区不断加大基础设施建设力度，进一步拉大城市骨架，新区轮廓基本形成，城市功能日趋完善。

长河绿水、蓝天白云是浐灞生态区的秀丽景色，可以前这里的风景再美也没有人关心，环境再好也不能产生经济价值，因为没有路的浐灞生态区就像一幅无法被欣赏的风景画。

园区小路

如今随着一条条大道的延伸，这里的生态优势正在迅速地展现，水与绿的生态价值正在成为巨大的经济价值。道路建设使生态区融入西安大都市。

没有开发前的浐灞河区域，除了种庄稼用的生产路，这里基本没有什么主干道。自浐灞生态区成立以来，已累计投资近百亿元，建成道路 120 余公里、桥梁 5 座，灞河东路、东湖路、浐河西岸滨河路等主干道相继建成通车，并先后打通了通往东二环、十里铺、灞桥镇、东三环、杏园、新筑等 10 个主出入口，实现了生态区与西安主城区的全面对接。

作为生态区，浐灞的路不是给“风景画”生硬的画横竖线，它是顺应着地势，为风景勾边添彩。浐灞生态区在道路建设上不仅仅考虑道路的实用功能，而且考虑了人文关怀和生态化的理念，不仅让人们在道路上往来通畅，而且能留下美好的印象。

浐灞生态区的领导介绍，浐灞生态区的道路有三个特点：一是以曲为美，追求自然。具体来说，就是在平面上相互交错，在高程上高低错落，形成一个富于变幻的、自然的、生态的道路形态。二是堤路结合，节约用地。三是道路景观化。道路两旁的绿化面积很大，要按设想形成一个路成网、水成系、绿成林的道路交通格局。

今天的浐灞生态区正在加大区内的道路建设，提升城市交通布局。踏入生态区，无论是浐灞大道、北辰大道，还是浐河沿岸的浐河西路、世博大道……均可谓路路通畅，少有市内交通拥塞。

而且西安浐灞生态区作为横跨南北两翼的城市开发区，在地铁时代将有 1、2、3、5、6 号等 5 条线路穿越而过，加之区内已经拥有的庞大公路、铁路等交通网络，浐灞生态区已经搭起一张立体化综合交通的发展骨架。

地铁延伸到哪里，生活的空间就延伸到哪里，繁华的都市生活就延伸到哪里。地铁在拉大城市空间、缩短区域时间距离的同时，也在悄悄带动一个区域的繁荣和火热。目前，浐灞生态区正酝酿打造城市宜居、低碳的 5 分钟生活圈，让低碳、环保的生活方式成为浐灞居民消费的主流。

在浐灞区域内的地铁沿线，众多国内外知名的商业连锁巨头早已布局完毕，等待商机来临。麦德龙、海航集团等已于去年达成入驻协议。海航集团目前提供“吃、住、行、游、购、娱”全方位、一体化服务，其旗下西安民生集团也将在浐灞商贸园区投资建设大型购物中心，完善区域的城市商业配套。

“这一片，还有这一片，原来都是荒河滩，到处是垃圾堆……”顺着刘亚茹手指的方向，河面上碧波荡漾、水鸟翔集，河堤上柳树成行、鸟语花香，河岸上台榭长廊、延绵幽长。刘亚茹就生活在广运潭旁边的香湖湾村，和这里的大多数村民一样，她正在经历和见证着周边环境翻天覆地的巨大变化。

浐灞生态区自成立以来，在生态治理和经济发展的同时，始终将城市乡村视为一盘棋，不断改善城乡发展面貌。

城乡结合部是中国城市化进程中很大的一个问题，而浐灞就恰恰处在典型的城乡结合部，如何克服改造和发展难题？水变清、路拓宽、环境变干净、高楼拔地起，这只是改造城乡结合部的一部分，让所在区域的人民真正享受城市的文明与美好，才能真正将城乡结合部融合到城市。

伴随区域交通设施的不断完善、商业配套的不断引入，浐灞生态区已经成为西安市宜居宜创业的开发新城。

2012 年 8 月份，浐灞一中开始招生，这是一所完全公立的中学，面

浐灞配套建设不断完善

向整个浐灞区域。与此同时，各具特色的其他教育也蓬勃兴盛，浐灞完全中学已在建设中；与长安大学、市 83 中等学校合作办学也正在积极推进；御锦城、浐灞半岛等社区也都建设幼儿园、学校，满足居民不同的教育需求。

区内的红星花园公租房、浐灞家园保障房、滨水花城限价保障房等项目，极大范围内保障了区域内民众的住房需求，促进了城乡融合、一体发展。

高标准的配套建设是城市发展的硬件支撑，区域商贸、金融、住宅、教育、医疗等公共配套的日益完善，成为城市集聚人力、技术、资金、产业等优质资源的重要基础。

十年来，浐灞生态区以高标准的配套建设为先导，以欧亚经济论坛综合园区、西安领事馆区、西安金融商务区等为承载，高标准推进星级酒店、大型商业综合体及商业步行街建设，为广大市民提供便利优质的城市配套环境。

2014 年，浐灞生态区将继续完善各类社会配套、优化升级区域路网，打通浐灞一路、韩森东路、北辰东路等主干道路。积极推进国家绿色生态示范城区建设，制定标准，构建绿色交通体系，加快 3 星绿色建筑示范性工程建设，全面推行 2 星绿色建筑，推进浐河城市段综合整治提升工程，完成河道清淤、堤防修复和示范段建设任务，初步形成浐河沿线滨河景观带。

未来几年，浐灞生态区将基本建成“六纵十二横”的骨干路网，形成以轨道交通为主体，快速公交为补充，普通公交为辅助的快速、高效、环保的城市交通系统；同步建设符合国际绿色标准的电力、供气、供热设施；建成“百年一遇”标准的浐、灞河防洪水利工程；完善生态、环保、高效的污水处理设施和中水循环利用系统；建成大型城市垃圾回收处理中心，实现区内垃圾 100% 密闭清运及分类处理，形成适度超前、功能完善的高品质现代化基础设施体系。

首善之地 魅力浐灞

诗人艾青说过，“北方是悲哀的”，而北方之所以悲哀的主要原因，就是没有水。甚至可以说：在北方，有水就有一切；而没有水，一切都是零。如果优美的环境是浐灞生态区发展的支点，那么通过这个点撬动哪些产业，则成为彼时浐灞生态区可持续发展的另一个命题。

作为城市的生态补偿区，浐灞生态区借鉴了国内外城市优秀的发展理念，在生态重建的基础上，通过城市基础设施的建设，拉大城市骨架，发展符合区域实际的特色产业，如金融、旅游、商贸、会展、文化教育等，从而与城市其他区域形成错位发展，相得益彰，进而推动西安快速迈向国际化。

浐河与灞河的交汇处烟水茫茫，垂柳依依，一座造型大气现代的建筑掩映其中，欧亚经济论坛永久性会址已成为浐灞三角洲的一个标志性建筑。论坛会议中心现代、典雅的设计风格，同声传译和现代声光电控制的管理系统，超五星级的宾馆让人赞叹不已，也让五洲宾朋感受到生态之城的独有魅力。

这里每两年举行一次的欧亚经济论坛是浐灞迈向国际化的推进器。而永久会址的最终建成将大大改善整个区域环境，推动和引爆浐灞大开发，它不仅为丝绸之路经济带起点城市起到助推作用，而且在入区企业标准和招商引资方面也将产生积极的影响。

招商引资，是拉动一座城市、一个区域经济社会发展的重要引擎，也

园区中的凯宾斯基酒店

华润万家西北总部基地签约浐灞生态区

是提升该地区对外开放水平的重要途径。

历经十年的成长与积淀，浐灞生态区大气蓬勃的生态主张、高瞻远瞩的产业规划、“大招商，招大商”的招商理念，显示了区域强劲的发展势头。

凭借产业聚集、空间区位、生态环境、交通便利、服务管理等六大优势，浐灞生态区招商引资工作频结硕果。

“浐灞生态区发展依靠两台发动机，分别是绿色发动机和金色发动机，绿色发动机是以世园会为代表的生态环境，金色发动机则是以金融商务区为代表的现代服务业。”

2008 年 4 月，陕西省和西安市确立了“建设浐灞金融商务区，构建西部重要金融中心”的战略目标。2010 年 1 月，浐灞金融商务区正式命名为西安金融商务区，这一变化赋予浐灞生态区发展的“金色引擎”。

“金融业是浐灞生态区的核心产业，也是浐灞生态区未来的最大产业特色。”

浐灞管委会相关领导介绍说，浐灞生态区将继续以建设西安国际化大都市先导区为目标，以生态化为主体，国际化和产业化为两翼，加快实施重大基础设施和产业项目，发展现代服务业和高端金融业。西安金融商务区将建设成为西部重要的金融中心，在浐灞生态区的发展过程中它扮演着重要的角色。

“新华保险将在全国设立 4-5 个运营中心，位于西安的西部运营中心将首先启动。我们非常看好西部、看好西安的发展。”2012 年 5 月 28 日，新华人寿保险有限公司董事长康典在新华保险西安后援中心项目入驻西安金融商务区时信心满满地说。

这只是西安金融商务区发展的一个典型案例。西安金融商务区是浐灞，乃至西安市、陕西省近年来最大的金融项目，是未来西安国际化大都市的重要标志。

截至目前，累计签约入区各类金融机构及商务配套项目 60 余家，总投资超过 300 亿元。包括：陕西保监局、陕西证监局，长安银行、永安财险、西安银行等金融机构总部，中国银行总行全球客服中心等金融后台机构，呈现出金融前台、金融后台、要素市场并行发展的态势。

中国银行全球客服中心项目建设总体进展顺利，2013 年投入运营，已成为中国银行总行在上海和北京之外的全球三大客服中心之一。该项目巨大的示范效应，带动其他全国性金融机构后台服务中心快速聚集。

作为陕西省和西安市打造西部重要金融中心的具体承载，预计到 2020 年，西安金融商务区将聚集 100-130 家金融机构和 1000 家商务机构，金融业增加值达到 150 亿元，占西安市金融业新增值部分的 50% 以上，占陕西省金融业新增值部分的 30% 以上，对陕西省金融业发展的贡献率达到 20% 以上，金融业带动相关产业增加值达到 300 亿元。

“我想将来西安金融商务区建成之后，也像上海的外滩一样，各家金融机构的倒影都映在水里。”陕西省省长赵正永曾用这样一句话来描述西安金融商务区的未来。

着眼于未来国际化大都市和西部金融中心配套服务的需要，浐灞已规划在“浐灞三角洲”金融商务核心区建设浐灞国际商贸中心，为国际贸易提供交易管理服务平台等服务。同时，打造国际风情商业步行街、高端品牌汽车 4S 产业园、高档购物中心等也在热火朝天地进行。

以优良生态为基础，浐灞的现代服务业抢占了高端、绿色、无污染行业，以旅游、休闲、文化为主体的现代服务业日趋成熟。随着广运潭世园会休闲经济圈、浐灞国家湿地公园、灞河旅游文化带和浐河休闲景观带、雁鸣湖生态住宅区及桃花潭公园生态景观五大项目的建设完成，浐灞生态区将会成为国际旅游城市的都市休闲核心区。

以“生态 + 休闲”为主题，构建生态文化、创意文化、休闲文化、国际教育培训为特色的多元化文化产业体系，做大做强一批文化企业，铸

西安金融商务区效果图

世界园艺博览会会址

造浐灞文化品牌正在成为浐灞人肩上沉甸甸的责任。西部金融文化产业核心区、浐灞河两带文化产业集聚区、文化创意产业孵化基地、陕西出版集团数字出版基地、CISV 国际儿童夏令营等已经开工或正在火热实施。

“数字出版基地之所以选择浐灞，是因为这里的服务意识强、办事效率高、服务质量高，让我们感受到了实实在在的优惠政策；这里优美的环境对我们吸引力也很大；浐灞基础设备、网络设施都比较齐备，便于我们吸引人才；世园会的举办使浐灞影响迅速扩大，形成非常好的品牌，便于我们招商，吸引全国优秀企业。”陕西出版集团数字出版基地开发建设有限公司董事长陈建国的一席话，道出浐灞生态区的种种“魅力”。

一个项目集聚一个新兴产业。目前，在浐灞生态区，大项目正以前所未有的“加速度”，推动浐灞生态区巨舰破浪前行，提速经济新的跨越。

如今，西安浐灞生态区已成为全国范围内率先开展城市发展与生态文明建设有机融合的案例，一个促进生态文明建设、践行科学发展观的典范。今天的浐灞，呈现给世人的不仅仅是生态之美，还有一个个闪光的国际化城市品牌和更多的荣耀。

2007 年 4 月，经国务院批准，欧亚经济论坛永久会址落户浐灞，每两年举办一届。如今，这里已吸引并举办了四届欧亚经济论坛，第五届欧亚经济论坛今年将在这里激情呈现。

2007 年 10 月，与奥运会、世界杯足球赛、F1 赛车齐名，被公认为影响力最大、收视率最高的四大国际体育赛事之一的“F1 摩托艇世界锦标赛”中国西安大奖赛在这里举行，国内外 11 支代表队参赛，现场观众达到 12 万人次，200 多家国内外媒体采访报道，并通过 TWI 环球体育影业有限公司的三颗同步卫星电视向全球 200 多个国家转播。

2011 年 4 月至 10 月，建国以来西北地区规格最高、规模最大、影响面最广的世界性展会 2011 西安世界园艺博览会在这里精彩绽放，接待国内外游客 1572 万余人次，吸引了 109 个国内外城市和机构参展，举办各类演艺活动 8600 余场，创下历届世园会之最，带动了西安乃至陕西省相关产业的快速增长，直接拉动西安市 GDP 高达 5 到 6 个百分点。它的成功举办，弘扬了绿色理念，彰显了中华文化，展示了西安文明、开放、包容、绿色的崭新形象，形成了“拼搏、创新、协作、奉献、服务、开放”的世园精神。

2012 年，后世园时代的西安世博园盛大开园，对社会免费开放，这是西安生态环境、民生工程、文化建设等方面的又一件大事，浐灞生态区再次成为世人关注的焦点。保留世园会会址，本身就是对绿色低碳环保理念的宣传。按照世园会规章，展览结束后展园要求拆除，全世界很多世园会会址都被改建成学校、医院、住宅等项目。而西安世园会保存会址展馆改造成世博园，并且整个园区免费向社会开放，进一步宣传了生态理念，展示建设成果，城市与自然和谐共生进一步得到传承和推广。

2013 年 7 月“环中国”西安站的预热赛暨 2013 环中国业余公路自行车赛西安站在世博园举办。

2013 年 12 月，经国家旅游局批准，西安世博园景区获批成为全国首批省内首家“国家生态旅游示范区”。

作为自然与人类协奏的盛典，西安悠久文明与现代创新精神的结晶，西安世园会掀开了“绿色引领时尚”的新篇章，西安向世界传递了一张崭新的名片，向世界展示了一个厚重的、灵动的、自信进取的西安，一个充满了现代生机与活力的西安。

2010 年，西安浐灞生态区以市辖区之资，与北京、杭州、厦门等城市共同被评为“2009—2010 年度最受关注会议目的地”。

2011 年 9 月 12 日，西安世园会获得联合国“全球最佳绿色创意奖”，会址所在地西安浐灞生态区荣获联合国“全球城市最佳绿色变更经典案例奖”，西安市荣获联合国“全球城市绿色成长出色贡献奖”。

2011 年 10 月 11 日，“2011 西安世界园艺博览会筹建项目”获得“IPMA

世园会多媒体表演

特大型项目国际项目管理国际大奖”。

2011 年 10 月 19 日，西安浐灞生态区入选“2011 中国年度品牌”。

2011 年 11 月 1 日，联合国人居署亚太办事处、亚洲人居环境协会、福冈亚洲都市研究所、亚洲景观设计学会联合授予西安世园会“2011 亚洲都市景观奖”。

2011年12月23日，在瑞士蒙特勒举行的国际多媒体大奖颁奖仪式上，西安世园会荣获“瑞士绿色环保奖”，西安世园会大型多媒体表演《水舞秀》荣获“国际多媒体创新奖和运营管理奖”。

2013 年 12 月 25 日，浐灞生态区获得生态文明推动力“最具影响力区域”称号。

一次次国际性活动的举办，一项项荣誉的获得，浐灞生态区这一国际化的城市品牌，极大地提升了西安在国内外的知名度，也将西安这座千年古都的崭新形象和它所孕育的创新活力呈现给了世界。

按照西安浐灞生态区的总体目标，未来的浐灞生态区将依据国家生态文明总目标要求，努力构建以资源环境承载力为基础、以自然规律为准则、以可持续发展为目标的资源节约型、环境友好型城市生态新区，逐步建立起健康优美的环境体系，绿色高效的产业体系，舒适宜人的人居体系，文明和谐的社会文化体系，务实创新的制度体系，使西安浐灞生态区成为城市生态文明建设的先行军、开发区生态文明建设的试验田，西部生态文明建设的新名片。预计到 2020 年，西安浐灞生态区将成为引领西部、国内一流、国际知名的生态文明建设示范区。

“我们将勇担重任，将西安浐灞生态区建设好、保护好、利用好、展示好，继续做好滋润古城、惠及市民的生动实践者，做好城市与自然和谐相处新城市发展理念的创新者，做好建设国际化大都市的率先承接者、国际标准的模范执行者和国内标准的参与制定者，切实用实际行动实践生态文明。”窗外的广运潭烟波浩渺，杨六齐给我杯中加了些茶水，语气显得自信而坚定。

第五章

盛世花开

2007F1 摩托艇世锦赛在浐灞生态区举行

速度与激情，波光粼粼之 F1 摩托艇大赛

其实，当年我也疯狂过。每到夏天，晚上总有个雷打不动的节目，到灞河里开展 100 米游泳竞速赛，当然这个 100 米是个含糊的概念。我们没有鲨鱼皮泳衣，全是赤条条的扎在河里。

现在看着在清澈水面上游泳的人，心中便有了更多的羡慕。绿草如茵的堤岸，宽敞整洁的码头，安静游弋的野鸭，织就了一幅美妙的风景。

2012 年，西安市作家协会主席吴克敬驱车经过广运桥，不由地赞叹浐灞管委会船型建筑的寓意，兴之于浐河之畔，与水、景、天构成了完美曲线。而波光粼粼的水面，则成就了西安的大水大绿。

2007 年，我全程参与了 F1 摩托艇世锦赛亚洲大奖赛的策划宣传，也是由那时起，我深切地感受到西安八水之魂，浐灞河交汇三角洲区域，速度与激情不断上演。

音犹在耳，那是 F1 摩托艇隆隆的马达声；烟波浩淼，那是浐灞生态区的秀丽风姿……

2007 年 10 月 4 日，F1 摩托艇世界锦标赛中国西安大奖赛拉开战幕，来自 11 个国家的 24 支摩托艇劲旅在浐灞生态区演绎水上激情。

F1（一级方程式）摩托艇世界锦标赛，是由国际摩托艇联合会（简称国际摩联）发起组织的集竞争性、观赏性和刺激性于一体的体育竞赛项目。同 F1 赛车一样，F1 摩托艇世锦赛也是系列赛事，是世界上仅有的两个一级方程式世界锦标赛之一。每年在世界各国和地区举行 10 站左右比赛。

F1 摩托艇比赛是现代文明中高速度、高科技的载体和象征，惊险性和观赏性皆在于其超炫的速度，比赛要求运动员在水面上围绕固定标记进行时左时右转弯的环圈计时赛，比赛用的摩托艇可在 3.5 秒之内，从静止加速到 100 公里 / 小时，比赛速度最高可达 250 公里 / 小时。F1 摩托艇世锦赛与奥运会、世界杯足球赛、F1 赛车齐名，是目前世界上具有最大影响力、最高收视率的四大国际体育赛事之一，每站受众超过 10 亿人，全年受众超过 100 亿人。

谈起当年的速度与激情，我与老吴都兴奋不已，恍如昨日。也是这片水域，改变了世界对中国西北的看法，不再是黄土高原的贫瘠与落寞。

彭林武是中国到目前为止唯一一位拥有“超级摩托艇驾驶执照”的驾驶员，曾 20 次获得摩托艇全国锦标赛冠军，并在芬兰举行的世界锦标赛中夺得冠军，也是中国第一个摩托艇世界冠军。面对西安之行，他显得很是兴奋，说自己很快便爱上了这个城市。

而拥有“水上舒马赫”之称的九冠王高迪奥·卡佩里尼，并没有在西安 F1 赛场上实现他的“十冠王”梦想。不过，屈居亚军的他毫不遗憾西安之行，“西安浐灞生态区的美景和西安人的热情，让我终生难忘。”

一座地处大西北的内陆古城，为何能成功申办时尚的水上运动？这是人们此前的普遍疑问。

西安是有着3100多年建城史的古老城市，“传统、古老、纯朴、黄土”一直是这里的代名词。

因此，西安将举办F1摩托艇赛事的消息刚一传出，就有网友在网上发帖子，质疑西安的水资源何在，甚至出现了“难不成要在护城河里绕弯？”的帖子。

然而，奇迹就此发生！

在灞河河道上响起的F1马达声，向世人传递了一个新的观念——西安不仅有深厚的黄土文化，更有充满生机的绿色文化。

亲临现场的观众都看到，碧波荡漾、清流如画的美景，向人们展示了一个不一样的西安。

就连国际摩联的官员在验收赛场时，也给出了令人振奋的评价：“中国西安是全世界最漂亮最完美的F1摩托艇赛场之一。”

谈起当年的申办历程，总有说不出的“情定浐灞之意”。

2006年9月，为了吸引更多市民在“十一”期间到浐灞生态区参观游玩，浐灞生态区筹划了一系列娱乐活动。在前往辽宁沈阳邀请水上表演队的过程中，浐灞生态区的相关人士听说了F1摩托艇世界锦标赛，由此萌发了申办这一赛事的想法。

2006年10月6日，受时任西安市市长陈宝根的邀请，国际摩托艇联合会F1委员会主席尼克鲁及国内F1赛事独家推广商深圳天荣投资有限公司有关人员一行来到西安，实地考察了浐灞生态区浐灞河三角洲等地，并进行了会谈。

尼克鲁对浐灞河三角洲地区“一见钟情”，考察后，随即表示浐灞河三角洲地区已经初步具备举办赛事的基础条件。当日，国际摩联F1推广委员会、西安浐灞河管委会、深圳天荣投资有限公司就西安申办2007年F1摩托艇世界锦标赛事宜签署了会谈备忘录。

一个月后，西安市政府正式致函申办F1摩托艇世锦赛，浐灞河管委会也开始为申办赛事开展大量工作。2007年1月4日，承办单位浐灞河管委会正式签定了赛事申办协议。

摩托艇水上表演

和 F1 赛车一样，F1 摩托艇世锦赛是一项全球性系列赛事，每年在世界各地举办 10 站比赛。但由于其巨大的影响力，举办地之间的竞争非常激烈。此前，F1 摩托艇世锦赛在中国曾选择厦门、杭州、上海、成都等四个城市举办赛事。4 月 12 日的新闻发布会上，尼克鲁在接受记者采访时表示，“近年来，在 F1 摩托艇世锦赛的举办地选择中，亚洲地区的分量越来越重。”

即便如此，西安要在众多城市中胜出，也并非易事。“当时，尼克鲁一行毕竟只是对西安进行申办赛事的可行性表示了诚意。”杨六齐不止一次地感叹。

西安方面的积极努力终于得到了国际摩联的肯定。3 月 26 日，国际摩联正式批准西安的申办，而在新闻发布会之前的 4 月 9 日，国家体育总局也批复同意西安申办该赛事。

对于西安这样背负盛名的城市来说，或许应该是摩托艇向她致敬。

历史不是无本之木，无水之源。成功申办仅仅是开始，接下来的水域赛场着实让浐灞人“废寝忘食”。

浐灞生态区抱二水、枕三塬、连秦岭，生态优势独特，有着得天独厚的区位，堪称西北的交通要冲、咽喉之地。此外，浐灞生态区还具有丰富的历史文化，数不胜数的文化遗存，包括半坡、隋灞桥、广运潭、霸陵、杜陵等。

在这基础上，成立两年多的浐灞河管委会在生态建设方面可谓是“不惜血本”，光在基础设施的建设上就投入了20亿元，其中浐灞河的治理投入达8亿元。

自2004年9月以来，随着浐灞生态区的开发建设，“八水”中的浐河、灞河重新恢复了生机。生态区新增水面6500余亩，累计形成水面15000亩，灞河上新建4座橡胶坝，建成5个亲水码头，同时，区域内的设施条件也在不断完善，这些都为F1摩托艇世锦赛西安大奖赛的举办奠定了坚实的基础。

位于浐河、灞河交汇处的F1摩托艇赛场最宽处达570米，最窄处430米，回水长度3800米，可形成水域160万平方米，这些也远远超过了国际摩托艇联盟对赛事的水域要求。

F1摩托艇世界锦标赛开幕式

水质方面，灞河因距城市较远，加之保护得力，目前为三类水，完全符合要求。对于污染较严重的浐河，浐灞生态区在赛事举办前就成功截污。

此前，在谈及浐灞生态区“河流治理带动区域发展，新区开发支撑生态建设”的发展思路时，杨六齐曾精炼地诠释为“谋定而后动”。

如今，这一诠释，通过 F1 赛事的举办，得到充分印证。

开赛前 3 天，《人民日报》在其头版以大篇幅报道《谁言南舟北马，西安亦可弄潮》，文中称：“选择中国北方城市进行比赛，填补了一个空白，因此不仅仅是西安的荣耀，也是黄土文化孕育下的北方城市的荣耀。”

如果说比赛条件的疑惑侧重于西安的先天条件，那么另外一个考验则侧重于人为因素了。

“此前，已有杭州、厦门、上海和成都等城市举办过该项赛事，但这些城市的赛事组织方，均是比较成熟的城市区域，而西安的赛事举办地浐灞生态区，其成立才不过三年，是否有能力举办好这类高规格赛事？”

面对这样的考验，浐灞生态区用实际行动交上了一份令人满意的答卷。

回顾浐灞生态区承办该项赛事的全部过程，那是一个“一年与两天”的动人故事，也是浐灞生态区从年轻走向成熟的故事。

在 2007 年 4 月成功申办 F1 赛事后，留给西安的筹备时间只剩半年。“届时能否向全球奉献一个高标准的赛场与赛事？”国际摩联的官员此前也略有担心。

事实证明，这样的担心是多虑了。正如国际摩联 F1 委员会主席尼克鲁在赛事期间所说：“回顾 2006 年 10 月第一次来到西安浐灞生态区考察赛场，整个赛场只有一条杂草丛生的干涸小河；6 个月后，我们再次来到这里，整个赛场焕然一新，这种奇迹只可能在中国发生，如此巨大的工程，只有众志成城的信念和多方的共同努力才能让梦想成为现实。”

“没想到，不到一年，浐灞的变化这么大”，10 月 2 日的浐灞，拨云见日，当天下午，在视察完赛场后，国际摩联秘书长维京女士在与杨六齐会面时，对西安 F1 的场地、组织等各项准备工作表示了充分肯定。

维京女士援引尼克鲁的话表示，浐灞前后发生了很大变化，她本人也持同样看法，“F1 在中国是办得最好的，给人以从未有过的满意”。

同行的 F1 推广委员会秘书长拉维尼亚对于西安的赛场也给予了充分

F1 摩托艇赛事精彩瞬间

肯定，她表示，国际摩联遇到了好的合作者，一起为赛事作努力。她说，只有在中国才能把事情办得这么好，“这里是做得最好的”。

2007 年 F1 摩托艇世锦赛西安大奖赛组委会副秘书长叶剑华也表示，令他没有想到的是，西安市的动作会这么快，河床清淤、河道整治，每次来到现场，都会有非常大的变化。

“浐灞的水面十分理想，水面宽度十分适合 F1 摩托艇这种竞速运动。”叶剑华说，作为临时赛场，他对整个赛场目前的情况十分满意。在 F1 摩锦赛结束后，这个场地也非常适用于龙舟、划艇等群众性水上运动。

这一次，浐灞“一举成名”！

2007 年 10 月 4 日和 5 日，在西安浐灞生态区举办的 F1 摩托艇世界锦标赛成为西安市民的一次“狂欢节”。

横滚、俯冲、喷水、翻筋斗……一个个高难度的特飞动作，无不令观众折服。180 度急转、360 度急转，这些高难度的特级表演，不时博得观众的热烈掌声和欢呼。

那天，情形有点像 1300 年前在广运潭举办的那次水上盛事，一大早，市区里的人们就开始络绎不绝地从四面八方向城东汇集，人们来到了灞河边。F1 赛场主席台在浐灞河交汇处的三角洲洲头，群众的看台实际就在灞河两岸，灞河东岸和灞河西岸。灞河东岸，就是如今被叫做“广运潭生态景区”的地方。历史千年一个轮回，西安市民脚下踩着的灞河两岸的土地，正是天宝年间京城长安人踩着的同一片泥土。不同的是，人们的交通工具不再是骑马和坐马车，特意为老百姓开通的公交车一趟趟把市区的人往这里运送，当然，也有许多私家车。那天，从灞河东岸到灞河西岸，车水马龙，人海如潮，从来没有见过这么多的西安市民为观看一场比赛聚在一起。

据媒体报道，F1 摩托艇的开幕式和决赛，是西安有史以来举办的级别最高、规模最大、人气最旺、参与人数最多、受到关注面最广的一次世界顶级赛事。

“在西安呆了一辈子，我从没见过摩托艇，这回可真是开了眼界！”72 岁的蒋正齐老人和全家一起看到这样的场景感慨道。

从山西前来西安旅游的郑巧伟 2 天前即已来到西安。在观看了兵马俑、大雁塔等代表西安古老历史的景点后，他和妻子一起来到浐灞，观看了惊险刺激的摩托艇表演赛，连称“没想到在古城西安，还有这么高规格的国际化水上比赛！”

这只是幸福的前奏，为了迎合现场，比赛还设置了现场体验摩托艇环节。西安市民刘子旭就是众多幸运儿中的一名。

在摩托艇教练的现场挑选下，他和另外一位市民登上了摩托艇，真正体验了一回急速摩托艇运动。“真是太惊险、太刺激了！”上岸后的刘子旭显然还沉浸在刚才的场景中，他边脱下防护服边告诉记者，当摩托艇开始加速，四周的景物纷纷后移时，伴着耳边的呼呼风声，他不由地大呼过瘾。

家永远是最温柔的地方，无论你身在何处，总是向家的方向不停张望。蒋智是在澳大利亚悉尼留学的西安学生，爱好体育的他也是较早得知 F1 摩托艇世界锦标赛在西安举办的当地学生。

“在外的日子里，我每天都要浏览一下家乡西安的网站，4 月中旬就得知了这一消息。”蒋智说。此后，蒋智就把这一消息发布在当地有名的华人网络社区 BBS 上，并且还粘贴很多西安的图片，引来诸多关注。

“这些帖子每天的点击量都在 1000 左右。”蒋智在跟帖中说，虽然一些澳大利亚人对西安也有所了解，但毕竟只是点皮毛，而 F1 摩托艇运动在当地的群众基础很好，两者联系起来后，对西安来说无疑是搭上了一辆宣传快车。

另一方面，赛事中的志愿者团队也令世界为之侧目。

两名来自卡塔尔多哈电视台 al-kass“Qatar”频道的记者 Bahder 和 Manhanmod，完成了一天的采访工作，但一道难题让他们一筹莫展，连连向经过身边的中方工作人员求助。见到这一幕的志愿者，来自西安外国语大学高级翻译学院和英文学院的王珏、张园上前询问。得知两名记者是随卡塔尔队来西安报道赛事，他们需要将当天拍摄的关于 F1 的影像资料发回多哈电视台，但由于语言不通，不知如何和卫星传输中心沟通。

了解情况后，两名志愿者联系到中央电视台，代其询问卫星电视转播事宜，经过一番紧张沟通，他们将一张写有联系电话、传真和卫星接收信号代码的纸条交给两名卡塔尔记者。

两名卡塔尔记者如释重负，感激地连声道谢，用生硬的中文说：“她们，真棒！！”

我们，应该如何看待西安？在繁华落尽后，是要随风飞走，还是要结成果实？

西安在“水”和“绿”的问题上从前似乎矮人一头，没想到，短短几年功夫，西安的东北方向就崛起了这样一个“大水大绿”的城市新区。已经被人们淡忘并从生活中淡出的西安的浐灞河，又以这样一种独特的方式，通过一次国际水上赛事，重新回到了世人的面前……

通过 F1 赛事的申办和组织，社会各界也充分肯定了西安及浐灞生态区对大型国际活动的筹备组织能力。“从西安确定承办 F1 赛事到现在，也就只有半年的时间，但各项工作受到了一致好评。尤其是对浐灞生态区这样一个年轻的区域而言，这一成绩充分说明了该区域的发展已经迈上一个新的台阶，也昭示着浐灞生态区管理决策层的成熟。”

在 F1 赛事的举办过程中，人们也看到了浐灞生态区与 F1 速度相比拟的浐灞速度，那就是敢为人先、追求卓越、宽容失败。通过 F1 赛事的举办，不仅展示了浐灞生态区的建设成就，也使浐灞生态区接受了国际化标准的考验，从而进一步推动了浐灞生态区的国际化步伐。

在西安浐灞生态区举办的这次 F1 摩托艇世界锦标赛通过美国国际管

F1 摩托艇赛场上选手激烈地竞争

理集团下属 TWI 环球体育影业有限公司的三颗同步卫星进行转播。据事后官方媒体统计，全球有 191 个国家和地区对赛事进行专题报道，121 个国家进行电视转播。全年赛事则有超过 2000 家平面媒体进行专版报导，全年报导总量在 50 万次以上。

以 F1 为代表的重大活动的落户，实际上是对浐灞生态区环境建设的一次充分肯定，让人们充分认识到浐灞生态区“河流治理带动区域发展，新区开发支撑生态建设”的理念是完全正确的。同时，也表明浐灞生态区已经走在国内举办国际大型活动的前列。

“此前，很多区域在发展经济时，走的大都是‘先发展，后治理’的道路，这一模式在早期经济发展过程中无可厚非。但不可否认的是，这一模式也为区域的后期发展带来了困境。而浐灞生态区则不同，先治理，后建设。在一开始就注重区域环境的改善和提升，然后利用区域环境来吸引

F1 摩托艇赛事精彩现场

相关产业的发展。”一位专家在参观完浐灞后，充分肯定了浐灞生态区的发展理念。

追溯当时的 F1 大赛，杨六齐缓缓地说：“浐灞生态区当年举办 F1 摩托艇世界锦标赛，就是宣传西安、宣传浐灞、锻炼队伍、提升品质。核心目的是用它作为我们的一种形象代言。因为有了 F1，我们的国际化进程进一步加快。我们的建设，会有更高的国际化标准。所以说，F1 的举办，象征了我们的精神，象征了我们的追求。”

作为白鹿原下的灞桥人，著名作家陈忠实目睹了浐灞河的变化，他说，自汉代起，浐灞即为驻军抗敌重地，生活生态条件俱佳，今天，FI 摩托艇世界锦标赛在这里举办，更有“沙场秋点兵”的意趣。“这是个奇迹，令人振奋，这说明西安和浐灞的生态环境建设有了长足进步。”

正如 F1 摩托艇没有刹车、只有油门，通过这一赛事，浐灞生态区快速发展的“油门”似乎踩踏得更为稳健。

犹如 F1 摩托艇以 200 多公里的时速前进一般，快速发展的浐灞生态区也将给世人带来难以想象的惊喜。

丝绸路上古韵新唱，欧亚经济论坛

历史学家曾说过，历史的车轮，你知道它的方向，却不知它会翻过哪座山头。

有时候，我总是在想，到底哪片区域才是西安的最爱？显而易见，大自然是公平的使者，关闭了一扇门，总会为你打开另一扇窗。然而，这样的机遇总是不会那样的显山露水，需要不断探索挖掘。

浐灞生态区有着这样的一批建设者，也是因为他们，这里满血复活，至今，仍然无法想象当初沙坑遍布、垃圾成堆的区域竟然成为了如今大西安的“天然氧吧”。

2004 年 11 月的一天，突然接到杨六齐主任的电话，说是一起去浐灞河交汇处看看项目。

寒冬腊月的浐灞河边，让人无论如何也无法将这里与“灞柳飘雪”的美景相联系。我们一路前行，当吉普车距离目的地还有约 1000 米时，车子已经无路可走，我们一行五人只能下车步行，杨六齐打开后备箱，熟练地拿出了五双高筒胶鞋给大家，笑言：“没有这玩意，我们就没有办法出来啦！”

果真，沟沟壑壑的小路犹如翻山越岭一般，加之偶聚的垃圾让人步履维艰。一路上不停地测量、记录、商讨，伴随着刺骨寒风，可所有人的心头却是暖暖的，仿佛眼前是无限美景，这时的浐灞正在蓄势待发。

从公元 2004 年 9 月 9 日诞生，到 2007 年，艰苦备尝中他们走过了三年，一直干着的都是最苦最累的活儿，并且，都是些几乎默默无闻的活儿。河流治理，生态重建，修路，疏河，固堤，筑坝，植树……都是些不在人前露脸和听不见响声的活儿。

王军、杨六齐，甚至浐灞所有的人都在想：浐灞，该出名了！

时任西安市委书记孙清云、市长陈宝根，却对浐灞管委会能不能办好欧亚经济论坛有些担心。毕竟这个管委会还太稚嫩，才是个刚刚三岁的“幼童”。欧亚经济论坛是国际性的活动，不能出一点儿差错，出了，不说浐灞管委会担当不起，是西安担当不起！孙清云在此一年前来浐灞管委会搞调研就语重心长和严肃地说，“我们要高度重视欧亚经济论坛永久会址的建设问题，这要作为浐灞委工作的重中之重。这个项目国际影响很大，我们西安市能争取到非常不容易，落户到浐灞更不容易！如果 2007 年的欧亚经济论坛不能在浐灞举行，那就是我们的失败！就会在国际上造成严重的不良影响！”

这是 2006 年 10 月市委书记说的一番听上去是有些疾言厉色的话。

陈宝根那时候也相当焦虑，一天，把杨六齐叫去，亲口放下“狠话”，说，2007 年的欧亚经济论坛就是搭茅草棚，也要在你浐灞开！

欧亚经济论坛永久会址落户到西安，的确不是一件小事情。此后，舆论界也认为，欧亚经济论坛项目是西安的“国际化开篇之作”。

2004 年，时任西安市委书记的袁纯清听到外交部有举办欧亚经济论坛的想法后，迅速联系了上海合作组织、国家开发银行及博鳌论坛秘书长龙永图，争取由他们出任欧亚经济论坛的主办方及协办方，并顺利将论坛的永久会址定在西安。

欧亚经济论坛原址浐灞三角洲洲头（资料照片）

这也许就是欧亚经济论坛的来历。

从论坛的出生和身世来看，首先，它是西安努力和积极争取来的。其次，它和上海合作组织、博鳌亚洲论坛有关——而且，差不多是把博鳌论坛的一个“班底”和“原班人马”搬到了西安。

欧亚经济论坛，主要是面向欧洲和中亚的一个国际论坛。

如此，就可形成一个“南有博鳌、北有欧亚”两大著名国际论坛双星并立的国际交流平台。王军说，西安由此将站在国际交流的前沿，西安也将由此登上国际大舞台！欧亚经济论坛项目，对提升西安的国际化水平和国际地位具有不可替代的、唯一的重要作用！

不错，上海合作组织秘书长张德广对把欧亚经济论坛的机会给予西安，也作出了相同的解释。他说，西安是中国中西部地区一个具有战略意义的城市，古代丝绸之路从这里起步，它在中国人乃至世界人民心目中具有浓郁而独特的历史情结。西安市委市政府领导作出正确决策，把此次论坛作为西安走向国际化的开篇之作，确属大手笔、大气魄，论坛成功举办后，其意义将充分展现出来，它的作用无可限量……

张德广先生说这番话的时候，是 2005 年 11 月 10 日至 11 日首届欧亚经济论坛在西安隆重举行之际。当时，西安还没有欧亚经济论坛的永久会址。人们在庆祝论坛成功举办的同时，也在纳闷和猜测，对西安来说如此重要的一个“国际化开篇之作”，盛唐千年之后，西安的第一个国际论坛会议中心，它的永久性会址，究竟会“花落何处”？

西安的各个区县市，其中包括几个新的开发区都争着抢着想让这朵国际会议之花落户在自己“家”里。这可是个“金贵之身”，每一个枝叶上都流金挂银。但正像孙清云说的，这个项目国际影响很大，我们西安市能争取到非常不容易，落户到浐灞更不容易！——两个“不容易”其实已经很能说明问题。你谁再争再抢，市委和市政府那时候却已经是铁了心了要把它给予当时还是一片不毛之地的浐灞生态区……

西安市委和市政府是用心良苦。

西安的九区四县，西安的“四区两基地”，哪一个都比当时的浐灞生态区条件优越，拿出它们当中任何一个，浐灞都无可与之争锋。然而，浐灞生态区唯一具有的巨大优势，却又是其它区县和其它三个开发区无可比拟的。很简单，它是西安的未来。它承载着西安的一个未来之城和生态梦想。

2004 年 9 月 9 日浐灞管委会成立。

2004 年 11 月 11 日欧亚经济论坛签约仪式在西安举行。

此时，浐灞管委会才刚刚诞生两个月，团队的一二十名员工迅速投入到签约仪式的筹备中。

紧接着——

2005 年 9 月 29 日，欧亚经济论坛永久会址在浐灞三角洲隆重奠基。

2005 年 11 月 10 日至 11 日首届欧亚经济论坛在西安隆重举行。

从这个时间上来看，基石早于论坛举行之前一个多月已先行埋进了土里。

埋进土里的，实际也是西安市政府对未来的这座国际化生态化新城的一颗希望的种子。市政府要求，首届欧亚经济论坛可以在临时会址召开，但两年一届的欧亚经济论坛的第二届年会，必须在它的永久会址，也就是在浐灞生态区里举行。但直到 2006 年 10 月，永久会址的建设却还不能尽如人意，市委书记孙清云和市长陈宝根直接发出了督导令。什么原因让这么重要的工程发生了迟误，眼看不能够如期完成？

原因或许非常多。困难或许也非常巨大。你只要想一想也许就能够明白，在这片满眼荒凉，生态灾难严重，没有城市道路交通条件，没有城市最基本的基础设施，所有的城市地下管线也都没有的地方，要让它从埋下基石以后仅用两年时间就要建成一个能够举行国际大型会议的地方，这怎么说都让人觉得是一件提着头发想升天的事情！

浐灞管委会遇到了空前困难。

在 2006 年的那个多雨的秋天，10 月份的第二个星期，周六周日周一连续三天，管委会的主任办公会议和行政会议以及专家论证会相继召开。专家们普遍比较悲观，认为从这个时候起到次年有效的 10 个月时间要完成将近 7 万平方米的工程以及景观和附设工程，几乎是一件没有可能的事情。

专家们说，除非奇迹出现。

专家们这样认为，当然是根据事物的常规和一般规律作出的正确判断，作为一个具有正常思维的人，难免会产生这样那样的焦虑和悲观。然而非

欧亚经济论坛永久会址

常奇怪，此后的一切却完全出乎人们的意料……

此后，位于浐灞河交汇处、浐灞半岛的这座欧亚经济论坛永久会址，简直就像被谁施了魔法一样，到 2007 年 9 月，它如同一只天外飞鸿，伟岸地和壮丽地，矗立在了三角洲的洲头！

一切都不可思议。

然而，浐灞管委会领导们用他们夜以继日的工作，奔波现场的督查，解决问题的决断，协同各方的管理，把别人认为不可能完成的事变成可能。

一条无名的土路，隔着三五天再去踏勘，已经成为了平坦大道；一周不见，河道两旁已是绿树成荫；道路铺设刚刚完工，第二天两旁的路灯已投入使用……

王军开玩笑地说：“我们都是立了军令状的人，半点不敢耽误啊。”有一次王军去现场，径直问工人要个安全帽，戴在头上就进到正在建设中的大楼里，爬高上低地四处看。不经意间，他在工地上发现了一个烟头，马上把负责的干部叫来，让查清是谁在工地上抽烟。实际上有个工人才刚刚抽了支烟就被他发现了。还有一次，他发现工地上的垃圾没有清扫干净，又把人叫来当即进行教育……如此细致周到的“督战”，而且是浐灞管委会最高指挥的亲自督战，人人如履薄冰。

正是这样的态度与责任，欧亚经济论坛永久会址如期向社会交出了满意答卷，而浐灞也逐渐进入世人眼中。

作为西安走向国际化的开篇之作，欧亚经济论坛永久会址的建设是西安实践“国际化、市场化、人文化、生态化”的重要一步，是欧亚经济文化交流的平台。项目集会议、餐饮、文化、娱乐等功能于一体，配套设施完善、生态环境优美。

欧亚经济论坛永久会址项目是欧亚经济论坛的保障性重点工程，由欧亚经济论坛大型会议中心、五星级宾馆、商务中心、商业中心、高尚居住区和其他配套服务中心以及园林绿化组成，总投资为 60 亿元人民币，共分为三期开发。而这一西安的又一标志性建筑的建设，也受到了来自省市政府的高度重视，就在开工当天，该项目即被列入“西安市 2007 年重点建设项目计划”。

为确保 2007 年“第二届欧亚经济论坛”在西安顺利召开，欧亚经济

2007 年欧亚经济论坛会场

2013 年欧亚经济论坛开幕

论坛永久会址建设从开工那一天开始，便进入了倒计时。2007 年 9 月，欧亚经济论坛永久会址全部完工并投入试运营，历时 10 个月的工期建造了 6.8 万平方米的会场，包括一个 1200 个座位的国际会议中心和一个超五星级宾馆。353 套标准间、行政套房、外交套房、总统套房及中西特色餐厅， 10 余个大中小会议室均正常投入使用，并作好了接待各国政要、学者的充分准备。

为进一步完善欧亚经济论坛会务功能，提升论坛服务层次，2013 年 7 月，欧亚经济论坛永久会址项目三期正式开工建设，主要由一栋单体超高层建筑和绿化景观组成，整个建筑形态呈“门”字造型，寓意“打开城门，迎接欧亚论坛四方宾客”，该建筑建成后也将成为浐灞生态区继长安塔之后又一国际性地标建筑。

除了外形的独特之外，该建筑还是一座现代科技的环保节能大厦，建筑楼顶设有屋顶花园，既能增加屋顶隔热效能，又能将滞留的雨水收集再利用；还建有灰水系统，可将屋顶花园收集到的雨水，经处理后用做景观水和灌溉楼内植物；并在日照特别强烈的楼体一侧设置了外遮阳系统，可以通过外部遮阳系统的太阳能热量收集控制装置来降低能源的使用。

欧亚经济论坛永久会址三期项目的启动建设，标志着欧亚经济论坛项目建设进入新阶段，也将进一步塑造国际化大都市先导区的形象，提高西安的国际化程度，带动高端会议会展、金融商务等现代服务业快速发展。

细数已经举办多届的欧亚经济论坛，从临时会场到如今的国际标准，浐灞收获的不仅仅是区域的全新发展，更为重要的是一种国际姿态和“想干事、能干事、会干事、干成事”的精神，也铸造出一个神话。

2005 年 11 月 10 日至 11 日，2005 欧亚经济论坛在西安举行，包括中国、俄罗斯及中亚部分国家领导人、相关企业界人士及专家学者约 600 多人出席大会。时任中共中央政治局常委、全国人大常委会委员长吴邦国亲临大会并发表了重要讲话。论坛就搭建中国中西部与中亚及俄罗斯相关地方政府合作平台等次区域合作的重大问题进行探讨。2007 年 11 月 8 日至 9 日，2007 欧亚经济论坛举行，时任中共中央政治局常委、全国政协主席贾庆林出席开幕式。来自塔吉克斯坦、俄罗斯、蒙古、哈萨克斯坦、乌兹别克斯坦、新西兰、菲律宾等国的政府官员、企业家和学者等千余人，围绕“加强务实合作、谋求共同发展”的主题展开讨论，并就能源、教

凯宾斯基大门

凯宾斯基酒店

育、旅游、开发性金融和地方政府合作等领域的具体合作倡议深入论证。2009 年 11 月 16 日至 17 日，2009 欧亚经济论坛举行，时任国家副主席

习近平出席开幕式并发表重要讲话，930 多位国内外嘉宾就应对国际金融危机、实现经济企稳回升进行讨论。论坛以“携手合作，促进经济复苏”为主题，旨在推动上海合作组织成员国元首会议、政府首脑（总理）级会晤等会议议定事项的落实。2011 年 9 月 23 日至 26 日，以“创新欧亚合作，共享转型机遇”为主题的 2011 欧亚经济论坛举行，时任中共中央政治局常委李长春出席开幕式并发表了题为“共同开创欧亚合作新时代”的主旨演讲，来自 46 个国家的政要、国际组织代表、企业家和专家学者等近 900 人济济一堂，共商合作发展。2013 年 9 月 26 日至 28 日，以“深化务实合作，促进共同繁荣”为主题的“2013 欧亚经济论坛”在西安举行，时任国务院副总理汪洋为论坛做主旨演讲，1000 多位来自欧亚各国的政要、企业家再度聚首，交流合作信息，探讨合作途径，共谋发展大计。

而作为欧亚经济论坛永久会址所在，浐灞生态区不仅为各国政要、嘉宾提供了良好舒适的会议环境，也在积极参与分论坛组织、论坛运营保障等各项工作。

欧亚经济论坛从此走向世界，浐灞生态区也获得了世界的重新认知。

盛世花开 “中国杯”插花花艺大赛

有时候，不得不承认人的感情是脆弱的，更是有所偏重，这也是后来我慢慢发现的。就像对于浐灞的热爱，有种无缘由的钟情，仿若是自己的孩子一般，抚摸成长。以至于后来和浐灞的创业者谈起此事时，我们总是感叹时光飞逝。

不过，在这飞逝的时光中，浐灞的成长也令我们欣喜不已。每年到长安花开遍大街小巷之时，我总会约上几个新闻界的朋友，慢慢游走于西安诸多新区之间。而浐灞，总会是我们的第一站。

不为别的，就为感受这里的鸟语花香，呼吸一种难得的清新空气，偶尔去体验一种天然的插花艺术。

杨六齐也总是一脸严肃地说：“浐灞是我们的事业，也教会了我们艺术。”我知道，他指的是世园会的圆满召开，然而，却鲜有人知，在 2011 年世界园艺博览会之前，“中国杯”插花花艺大赛的举办才让浐灞

第二届“中国杯”插花花艺大赛开幕式

人真正懂得了园林的艺术。

东方花艺的发源地是长安。“家家楼上如花人，千枝万枝红艳新。帘间笑语自相问，何人占得长安春。”从韦庄的《长安春》中不难看出，唐时的长安古城可谓全民插花。隋唐时期更是产生了中国插花史上第一部理论著作——《花九锡》。

2009 年 4 月 29 日至 5 月 3 日，第二届“中国杯”插花花艺大赛情定浐灞生态区。一时间，浐灞成为了西安最热闹的区域，也被戏称为“后花园”，似乎成为了时尚、唯美的代名词。

此次大赛更是获得了西安市委市政府的高度重视，为保障观众出行方便，专门开辟出一条“辛家庙至浐灞生态园”的公交专线，方便市民参观游览。

“此次插花大赛是检验我们浐灞生态区园艺水平的一大利剑，从来没有举办过和园艺相关的活动，为此，我们每个人都捏了一把冷汗，翘首以待。”提起当时的场景，门轩陷入了思索当中，但从他坚毅的表情中可以看出，一开始，这便是一场胜仗。

大赛吸引了来自国内 20 多个省（区、市）的 50 位选手参加，同时有澳大利亚、日本、韩国、荷兰等国家和中国香港、台湾等地区的众多国际插花艺术家前来观看，高水平的花艺展示为市民奉献出一场激烈的艺术大赛。

这里是鲜花和艺术的世界。各类造型新颖独特的花艺作品及市民自发展出的鲜花绿叶服饰秀，都让前来观展的市民大开眼界。进入位于凯宾斯基酒店的比赛现场，人们的视线瞬间被各种精美的插花作品吸引。

陈女士带着女儿专程从兰州市赶来西安观看此次插花花艺大赛。“我以前在兰州开过花店，对插花艺术很感兴趣，西安的变化很大，浐灞生态区建设得非常漂亮。”陈女士说，“在这里看到的每一幅花艺作品都很吸引人，这次真的没有白来，学到了很多插花的知识。”

此时的浐灞，再也不是羞涩的婴儿，世界的眼光在此汇聚，也获得了花艺界大师的青睐。

“西安不仅是中国插花艺术孕育和繁荣的摇篮和沃土，更见证着中国插花艺术走过了最辉煌的时期，可以说这里就是东方插花艺术的故乡，直

韩国插花艺术大师金荣洙在比赛现场

接影响了日本的立花插花。”日本插花大师高桥洋子说，“对于我们而言，在东方插花之乡进行表演意义非凡。”

日本京都插花协会负责人说，在日本，花艺设计师们得知将在中国西安举办本届大赛，都异常兴奋，蜂拥报名。“因为，日本的花道源自中国。早在唐朝时，就由日本花道开创者小野妹子从当时的大唐长安学艺归国，流传至今。”因此，日本京都插花协会经多路选拔，组建了一个由 24 名精英组成的展团，将为东方花艺故乡带来流花道等流派精品花艺。

韩国插花花艺大师金荣洙更是虔诚，她说在东方花艺的故乡表演各国花艺，艺术家们极为重视，“可以说是怀着虔诚，用作品向花艺故乡致敬。”

除此之外，本次大赛的评委团更是惹煞了不少人的眼球。其中，拥有“世界级大师”头衔的花艺设计师就有 5 位：韩国顶级插花艺术大师朴有天、金荣洙，国际专业花艺大师苏丽思，日本 Omuro 池坊流花艺大师高桥洋子，台湾著名插花设计师谢志伦等。

对于热爱插花艺术的我而言，事后还经常与管委会领导调侃当时怎么就没有拜其中一位为师。

不过，盛大的花艺场景绝对让现场每一个人大饱眼福与口福。

江南水乡的小桥流水，塞北古道的枯藤老树，温馨甜蜜的二人世界，神秘莫测的宇宙太空……本次大赛展出了国内外花艺家 200 多件作品，所使用的花材和花器的种类及品质堪称国际水平，在西北地区尚属首次。而荷兰、韩国的培训机构将免费为爱好者进行培训，也是一次国内外插花花艺界新技术、新品种、新艺术的集中展示。

交谈中，一名来自上海的选手说，举办“中国杯”插花花艺大赛非常重要，将有利于提高中国插花花艺作品的水准，通过国内乃至世界范围同行间的相互交流，使花卉文化得以发扬，传统的中国东方花艺得到发展提高。

而在味觉方面，大赛中的“花餐”现在想起来还意犹未尽。鲜花食品正在日本、东南亚和中国沿海城市悄然流行，这些用作菜肴的鲜花用特殊方法培植，无污染，具有保健功能和辅助治疗作用。广东的“菊花龙凤”“菊花鲈鱼”，上海的“玉兰鱼片”“菊花糕”，山东的“桂花丸子”“茉莉鸡脯”等都来到了本次活动中，西安市民大呼“过瘾”。

当年牡丹被贬入洛阳，一时间长安竟无花可赏。怪不得武媚娘的心狠手辣，对于一个女人来说，花有太多的情愫可以寄托，要不然《美人心计》咋会有那么多粉丝呢？

一场浐灞与世界的对话——2011 世界园艺博览会

用物理学的方式解析，所有能量的传递都需要介质。而 2011 世界园艺博览会则把浐灞生态区推向了世界。

与西安石油大学经济管理学院教授曾召宁谈起区域经济发展状况，他提到西安十三区县五区一港两基地，加之新起的西咸新区，让关中经济发展实现一片大好形势。可伴随着经济的快速发展，西安付出的代价是惨痛的，遮天蔽日的雾霾让 3M 口罩生产商着实大赚了一笔，可市民只能对着 PS 后湛蓝的天空畅想。

曾教授告诉我，他研究了一辈子经济，现在最期盼的是城市回归昔日的蓝天白云。欣慰的是，他在浐灞找到了当年的一丝痕迹。“虽然没有那时的纯粹，但在当今的自然状况下，我已经非常满足了，炎热的夏季，虽然同为西安区域，但浐灞因为大水大绿，温度足足比西安市区低了 2 度。”

也曾有人开玩笑地说，浐灞生态区就是因为有了浐、灞两条河而获得了今天的美誉，而浐灞管委会副主任成斌却不完全赞同，他说，就算有了这两条河，浐灞也不一定会美好，主要是需要强大的推手。

而这推手，显而易见就是西安市政府以及浐灞的建设者们。

2007 年 9 月 4 日，西安成功申办 2011 年世界园艺博览会的消息从英国布莱顿传回后，整个西安为之幸福和沸腾！杨六齐难掩心中喜悦，激动地说道，申办世园会，用一个小小的管委会撬动这么大一个世界级别的博览会，在申办最困难的时候，那种彷徨无依，那种在彷徨中寻找方向和目标的窘困，至今回想起来都难以释怀……

其中的辛酸与苦涩我感同身受，因为与浐灞的渊源，我曾见证了浐灞的发展，对于杨六齐的激动，我只能说，那是一种走向世界的骄傲。

曾经，站在艾菲尔铁塔最顶层俯瞰巴黎全景，蜿蜒而过的塞纳河、世界为之疯狂的卢浮宫、气势磅礴的凯旋门、人人恭而敬之的巴黎圣母院……

远眺世园会美景

浪漫之都巴黎因了这座铁塔而更加绚烂，经济直线上升。

无独有偶。当登临布鲁塞尔原子球铁塔之时，浩瀚工程令人肃然起敬，虽遇雨天但依然无法阻挡我观赏的迫切，欧洲的城市总会带给人一丝清凉，静谧的城市、森林般的绿茵与浐灞有异曲同工之妙。

这两处世界级的地标带给这两座城市的不仅仅是建筑如此简单。他们的问世都是世界博览会的产物。1884 年，为了迎接世界博览会在巴黎举行和纪念法国大革命 100 周年，法国政府修建了艾菲尔铁塔； 1955 年，比利时政府为在布鲁塞尔举办的世界博览会而兴建了原子球铁塔。时光穿梭，如今这些建筑都为当地经济带来了不可估量的价值。

这就是一个世界性质的博览会对一个国家产生的重要意义。

尽管世界园艺博览会和世界博览会并不是一个级别的博览会，但它却都和一个国际组织有关，这个组织便是“国际展览局”。世博会在它长期的发展中衍生出了两种类型的博览会，即综合类大型博览会和专业类博览会。世界园艺博览会即属于后者。而在中国，在西安成功申办之前，只有三个城市有此殊荣，即 1999 年在昆明举办的世界园艺博览会，2006 年在沈阳举办的世界园艺博览会和2010年在上海举办的世界博览会。这三个博览会中，只有上海举办的博览会属于前者，也就是当今世界上规格最高的由一个国家政府举办的“万国博览会”。

昆明、沈阳都已成功举办，为何西安会如此“难产”？

原来，昆明办世园会和沈阳办世园会的背景和西安不太一样，昆明办时是国家“专宠”昆明，沈阳办时是其他城市还没有“醒悟”，沈阳得天独厚独此一家，但到西安想要申办时，形势已经发生了变化。西安想办，中国的其他城市也想办，而且，从城市的综合实力来说，非常可悲，西安不如人……

一开始，一切进展顺利。

他们到了国际园艺生产者协会总部所在地荷兰阿姆斯特丹，拜见了法博主席，向法博主席递交了时任西安市市长陈宝根的一封亲笔信。陈市长在信中说，西安正在积极实施“大水大绿”工程，全面推进整个城市的园林化，城市环境明显改善。全市森林覆盖率达到42%，形成了人文资源

昆明世园会

与生态自然资源相互依托的城市格局，已经具备了举办世界园艺博览会的能力和条件。广大市民对于举办此次盛会更是期盼已久。西安市人民政府也正在加紧修建中国西北地区乃至国内最大的生态景观区——广运潭，打算以此作为世界园艺博览会的主会场……

双方的会面很愉快，法博主席对西安悠久的历史非常感兴趣，尤其是对在这个拥有着世界第八奇迹秦兵马俑的著名历史文化名城举办世园会感兴趣。

或许，真应了中国那句老话，好事多磨！

仅仅才过了三个月，2007 年 3 月，浐灞管委会这边还正在加紧着广运潭的建设，西安市政府也在积极筹备世园会，可是再到阿姆斯特丹的时候法博主席的语气变了。西安遇到了强大的竞争对手。

浐灞太需要世园会了！这一强大的国际品牌是千载难逢的机遇，无论如何不能放弃。

王军和杨六齐铁定了心要夺取此战的胜利。

世界园艺博览会是一个品牌，而且是一个大品牌，一个国际品牌。如果能够拿下它，浐灞生态区就不仅仅走进了西安人的视野，走进了中国的视野，而且也走进了全世界的视野。

在远离中国的荷兰阿姆斯特丹，杨六齐坚定地告诉法博主席：我们不放弃！我们要一如既往地努力。争取世园会在我们西安举办。这个决心，我们是不会变的。

从阿姆斯特丹一回到西安，杨六齐对他的员工神情凝重地说道：我们绝不回头！拼尽努力，绝对要把世园会办成！——这也就是说，面对强大的竞争者，代表西安申办世园会的浐灞管委会，决心背水一战了！

或许，果真到了浐灞发力之时，同年 8 月底好消息突然从北京传了回来。

中国花卉协会、中国贸促会、国家商务部和国家林业总局函件通知，正式推荐西安作为 2011 年世界园艺博览会申办城市。函件并且说，2007 年 9 月 4 日，将在英国布莱顿召开世界园艺生产者协会（AIPH）第 59 届年会运营委员会大会，届时，将有三十多个国家和地区的近百名代表参加，正式审议西安市举办 2011 年世界园艺博览会的申请。

从接到国家有关部委正式通知的函件到启程去参加申办，留下给他们准备的时间一共只有两天！这两天时间，他们需要做些什么？准备申办陈述、推介资料、宣传片等等。同意你申办，并不等于你就一定能够申办成功——虽说，现在离申办成功已经是咫尺距离，但这咫尺之间，却是功败垂成的关键！

西安应该选择一个什么样的主题呢？

最终，在一系列研讨论证之下，确立了“天人长安，创意自然——人与自然和谐共生”的主题。

2007 年 9 月 1 日凌晨到达英国伦敦，然后申办代表团马不停蹄抵达布莱顿。

一踏上英国的土地，申办团每个人都进入了“战时状态”。人人西装革履，脸上带着和蔼可亲的微笑，举止得体，礼仪周到，处处表现出他们是来自一个礼仪之邦和来自一个世界文明古城的人。

一切都像是不经意，一切却又都是刻意追求与安排的。争取赢得别人

世园会吉祥物长安花

秦岭四宝

对自己的好感，也争取赢得别人手中那神圣的一票，这就需要在短时间里和别人进行沟通和交流，让对方——尤其是法博主席等更多和更深刻地了解自己的城市。基于这样一个清晰的思路，代表团从 2 日中午下榻布莱顿到 4 日上午投票前，旋即开始了“旋风式的外交”。

然而，风云突变……

世园会申办的某些规则突然改变了！

原本半个小时的“申办陈述”，现在，只给你“15 分钟”。这个改变说起来也就是个少 15 分钟的事情，但是却很要命，假如在这 15 分钟里说不清楚你想要这些来自世界上 30 多个国家和地区的近百名代表听明白的问题，他们手中的选票很可能就不会投给你，那么你就必须接受失败的结局和面对“前功尽弃”的耻辱。知道这个消息是 2 号晚上，即欢迎晚宴已经快要结束的晚上九十点钟，而需要陈述和答辩的时间则是 4 号上午。也就是说，只有两晚上一个白天，不仅陈述词要变，技术陈述部分的幻灯片也要变。来不及了么！这么短的时间谁能来得及？！可来不及又怎么样？别人才不管你来得及来不及！中国的城市如果申办不成功，等在后边想要办世园会的其他国家的城市很可能就因此而有了机会。“你说，国家把这次难得的机会没有给也许比你更有条件的城市而给了西安，你却让

世界园艺博览会美景

这个机会从你的指头缝里溜掉了，别的不说，你西安怎么对得起国家对你的这份‘厚爱’？”

“马上调整申办方案，讲话稿不用了，搞个大体提纲，我现场讲，你就现场翻译！”王军的话让翻译官有了前所未有的压力，却也给了他最大的鼓舞！他独自面向大西洋一遍遍地大声念叨着团长可能说到的陈述词和别人可能提问的问题回答。

申办现场，一个外国城市的代表提问道：我们知道西安是中国著名的文化古都，如果西安不是申办世界园艺博览会，而是申办一个古都文化或文物博览会，我认为当之无愧。可是，在申办世界园艺和生态的博览会方面，不知道西安有什么优势？

王军在陈述中没有讲历史，没有说文明，而是请出了西安的“三个代表”—— 熊猫、金丝猴和朱鹮。

试想熊猫、金丝猴和朱鹮都是世界珍稀动物，生态环境不好，它们生存不下去，只有在良好的生态环境中它们才能“健康”成长……

精湛的陈述，精确的翻译，那一刻，世界为之动容！

英国伦敦时间中午 12 点，中国北京时间晚上 7 点。

法博主席宣布：中国西安申办成功 2011 年世界园艺博览会！

全场掌声雷动。

消息也在第一时间传回了西安。西安晚报、西安日报、西安广播电台、西安电视台及陕西日报、陕西广播电台、陕西电视台等在次日的新闻里公布了这一喜闻。

紧接着，便是马不停蹄的建设。

一波三折的申办之路后，浐灞人有了前所未有的斗志，一切都在计划中行进。

2011 年 4 月 28 日至 10 月 22 日，以“天人长安・创意自然——城市与自然和谐共生”为主题的西安世界园艺博览会在浐灞生态区顺利举行。

历时 178 天的西安世园会，共接待国内外游客 1572 万余人次，吸引 109 个国内外城市和机构参展，举办各类演艺活动 8600 余场，创历届世园会之最，是陕西省乃至西北地区建国以来规格最高、规模最大、影响面最广的国际性活动。带动了西安市乃至陕西省交通、会展、物流、金融、商贸、旅游、餐饮等产业的快速增长，直接拉动西安市 GDP 高达 5 到 6 个百分点。西安世园会的成功举办，弘扬了绿色理念，彰显了中华文化，展示了西安文明、开放、包容、绿色的崭新形象，形成了“拼搏、创新、协作、奉献、服务、开放”的世园精神。

因为这些品牌，浐灞生态区不但成功实现了加速发展、跨越发展，也获得了国内外各界的认可和赞誉。

类似世园会的国际化的城市品牌，在为浐灞生态区留下宝贵物质和精神财富的同时，也将西安这座千年古都的崭新形象和它所孕育的全新发展活力呈现给了全世界。

“世园会的成功举办，让世界看到一个不一样的西安，感受到西安‘华夏故都・山水之城’的独特魅力。”张宝通不止一次地提到世园会的巨大

效益问题。

“西安浐灞生态区经过七年的保护、开发与建设，使这一区域由生态重灾区转变为西安生态补偿区。世园会包括周边的浐灞湿地有效地改善了西安的局部气候，宽阔的水面与茂密的植被，对于改善城市热岛效应、滞留粉尘和提高空气质量产生了明显效果。西安世园会在浐灞生态区成功举办，展示了西安在城市建设、生态治理、环境保护方面取得的重大成绩，在西安生态城市建设的进程中具有里程碑意义。”

世园会直接拉动了西安旅游业和现代服务业的发展，凸显会展经济的巨大潜力，对城市各相关行业的带动以及促进城市经济发展方式转变等多

世园会拉开了西安国际化大都市发展的序幕

个方面作用明显。

正如一位国际展览业巨头对会展行业描述的那样，“如果在一个城市开一次国际会议，就好比一架飞机在城市上空撒钱。”

作为国际性大展会，世园会为西安市产业经济发展起到了重要的引领作用和示范效应。前期筹备建设投入拉动西安相关行业总产出增加 120 亿元左右，带动增加值 45 亿元。

与此同时，世园会对西安花卉种植和园林建设，以及文化、体育、娱乐，交通运输、仓储、会展业等都产生了巨大的带动推进作用。对社会就业以及招商引资的拉动作用同样明显。就业方面，世园会直接提供就业岗位约

2 万个，提供周边就业岗位约 5 万个，带动全市相关产业就业岗位约 30 万个。韩国茶山、韩国信泰半导体、香港恒隆集团、台达集团等一批国内外知名企业落户西安，世园会已成为促进全市经济发展的引擎工程。

一个城市的会展行业发展如何是一个城市综合实力的体现。世园会这一大型会展的成功，凸显了西安会展经济的发展潜力。目前，西安会展业已初步形成了以浐灞生态区欧亚经济论坛永久会址为代表的国际会议中

西安世园会盛况

心，以及以曲江国际会展中心、绿地笔克国际会展中心、陕西国际展览中心、大唐西市、西部车城为核心的五大会展聚集板块。到 2015 年，初步建成立足大关中、带动大西北、辐射大欧亚的区域性国际会展中心。

西安世园会以“绿色引领时尚”为理念，以生态文明为切入点，通过大量的实践案例和在国内外的全媒体广告宣传，让西安的绿色时尚形象和绿色低碳理念深入人心，提升了西安城市品位。尤其在媒体宣传方面，世园会在全国范围通过报纸、网络、电视、广播、杂志、户外广告等交织出一张宣传大网，新浪、天涯、腾讯大秦、华商四家合作网媒“世园频道”的累计点击量已逾 17 亿人次，央视索福瑞调查显示世园央视广告累积接触度超 5.09 亿人次，自建官网点击率超 2415 万人次。点击“西安世园会”谷歌搜索条目达 1130 万条，新浪微博中“西安世园会”曾一度位列全国热点关注话题排行榜第 2 位、西安热词排行榜第 1 位。美国、英国、加拿大、澳大利亚、马来西亚等 10 余个国家近 30 家国外媒体对西安世园会进行了报道，西安世园会逐渐成为世界各国人民看陕西、西安的重要平台和窗口，为西安国际化进程提供了重要平台和良好契机。

为筹建举办西安世园会，西安市民多渠道、多方位、多形式参与支持世园会，提升了城市居民素质，全面展示了西安在精神文明建设方面所取得的成绩，让西安人民更加振奋精神，对自己生活的城市充满自信与骄傲。

世园会园区展示了来自海内外的园林艺术、花卉植物、文化理念，拓展了市民视野，提升了市民的文化素养和知识水平；以《送你一个长安》《祓禊谣》《巧智慧心》《和风东来》等世园经典歌曲为代表的“新长安风”歌曲，展示了西安的厚重历史和新时代西安人包容胸襟和飞扬精神；以《文成公主》《木兰诗篇》《世园之夜巨星演唱会》为内容的“世园之夜”大型主题演出，为中外游客奉献了多元文化的“饕餮盛宴”。

世园会打造了具有鲜明时代特色的西安城市精神，“拼搏、创新、协作、奉献、服务、开放”的世园精神为西安城市精神注入新的内涵。世园会推出“绿色引领时尚”的理念，大力宣传并实践生态环保生活，使人们充分了解和切身感受当前世界先进的生态环保理念和科技成果。

世园会结束了，但它留给西安人们的财富并没有结束，它的使命远远不止这些。

犹如艾菲尔铁塔、自由女神像、原子球塔一般，这座伫立在世博园内的长安塔也已经成为了西安的标志性建筑。

今天的世博园以 2011 西安世界园艺博览会会址为基础，按照“总体保留、丰富提升、科学利用”的原则，对园区内园艺景观、交通组织、服务设施、展示内容等进行了全面提升，使其成为广大市民和游客生态享受、文化鉴赏、活动休憩的高品质休闲场所。西安世博园运营的出发点和落脚点是继续传播绿色理念，发挥城市“中央公园”作用，作为一项惠民工程，得到永续发展，成为陕西生态旅游的城市名片。

如今，我仍然保持着每年登顶一次长安塔的习惯，在这里，俯瞰浐灞全景，可以找到静谧的内心世界，感受张锦秋大师的精美设计，丝丝凉意，眼前如画的美景比在艾菲尔铁塔上更胜一筹。

有时候我总是在想，未来的国际化大都市绝对属于中国，因为这里具备了国际化大都市的一切条件，拥挤的小路加之低矮的建筑不能算是国际化的标志，国际化需要科技时尚的元素、大气磅礴的气势和良好的生态文明，这正是我们拥有的。

生命的栖息地——浐灞国家湿地公园

湿地，拥有众多野生动植物资源，是生物多样性最丰富的地区之一，无数种类的动植物，尤其是很多珍稀水禽的生存、繁衍和迁徙都离不开湿地，因此湿地被称为“生命的摇篮”“物种基因库”。

所以，当听说浐灞要建设国家湿地公园时，我有种难以抑制的喜悦，这回，西安要因为浐灞而彻底改变在世界的形象了！

2008 年 6 月 13 日，由陕西省林业厅主持，针对《西安浐灞国家湿地公园总体规划》，在西安举行了专家评审会。2008 年 8 月 23 至 24 日，国家林业局湿地办组织专家对浐灞湿地公园现场考察评估，在评估报告中对湿地公园及总体规划进行高度评价，建议将该公园规划纳入国家湿地公园建设试点。2008 年 11 月国家林业局正式批复浐灞湿地公园为国家级湿地公园，是西北首批列入国家级湿地公园建设项目，计划总投资 16 亿元，建设期限为 7 年。

浐灞国际湿地公园

北方的天气永远是这样的干涩，2011年冬季，和浐灞的同志一道去看建设中的湿地公园。翻过无以计数的土丘，我们来到了中心区域——灞河入渭口，没有建成的这里显得格外萧瑟，俯瞰下去，冬天的河水寒气逼人。看到忙碌的建设者顶着寒风在现场施工，心里不由得产生一种敬佩之情。环望四周，望不尽的土丘加之枯凋的树枝，怎么也无法想象不到一年后这里将成为一座国家级湿地公园。至今，一位建设者的话我仍记忆犹新："从接手这片土地的建设开始，我已经把它当做我毕生的事业来做！"虽然没有记住他的名字，但那坚定的眼神依旧是那样的清晰可辨。

我相信他们的承诺，相信浐灞人的能力，经历了世园会、F1 摩托艇大赛以及欧亚经济论坛永久会址建设的浐灞人无所不能。

当丝路的驼铃悠然消失在历史的烟海里，当盛唐的诗歌已蜕变为旧日不变的记忆，古长安的辉煌早已在岁月流逝中归于井然。

而今，另一种力量正在成为西安城市复兴的标志。向东看去，面对破败的河床、丛生遍野的荒草，浐灞生态区因地制宜，迅速启动了一系列城市基础设施建设，使这个城市发展建设的“空白区”一跃成为集中体现城市最新建设成就的“新名片”。

当 2012 年再次去到此地时，已经发生了翻天覆地的变化，木栈道、各种珍稀树种甚至已经有野天鹅光顾，虽然还未开园，但与他们交谈中，我感受到一股强大的自信：这里是最好的湿地。

浐灞国家湿地公园便是这城市内涵中崭新的形象领袖，它以突出生态效益为主导，以保护生物多样性为宗旨，通过自然湿地景观的再造及恢复，使人们认知湿地的功能，在湿地中获取相关的环境知识，并成为浐灞生态区及西安城市重要的科普基地。作为西安市城市形象及功能的有利补充，湿地在为西安注入新的城市元素——自然、生态、绿色的同时，也为西安市民、湿地公园周边居民以及过往的国内外游客提供了一个休闲、游赏的外部空间。

艰辛的过程鲜有人知晓，浐灞人需要的是大众的认可，而这，在 2013 年 4 月 29 日开园当天，便获得了肯定答案。无法估量的人群让这处平日寂寞的土地一下子拥堵了起来，竟然成为了“五一”小长假的新宠。

这处集生态涵养、景观游赏、旅游休闲、科普教育、环境保护等诸多功能为一体的湿地公园，区域内已探明植物 48 科 180 种，动物 50 科 150 种，具有中国西北地区河口湿地的典型特征——芦蒿遍野、河洲参差、鸿鹭翩飞，美不胜收。

浐灞国家湿地公园分为野趣区、精品区和时尚区三大主题板块。设有南入口、观鸟塔、科普馆和浐灞水街等四大标志性建筑。

野趣区板块有灞野堤洼、寒梅曲水、火晶映波、荷塘蛙鸣、灞水北泊、渚洲环碧等六大湿地景观。重点展示湿地植物、湿地动物、湿地水系等，恢复并丰富湿地的原始地形、地貌，偏重于原生态、纯自然的表现。

西安浐灞国家湿地公园科普馆

精致区板块和时尚区板块有湿地码头、湿地沙滩、滨水部落、花溪茶社、生态农庄、果园、渔园、农园、牧场、动物救助站等十大体验项目。精致区重点展示人工干预下的湿地植物群落、布局及构造，形成错落有致、高低互现、色彩丰富的人工干预下的湿地自然景观。时尚区以面向健康、绿色、低碳的生活模式为基调，倡导时尚体验与生态自然的良性互动，重点进行各类互动性体验。

南入口是湿地公园主入口之一，采用生态建筑理念，使得建筑隐藏于自然之中，与湿地景观和生态自然风貌融为一体，体现自然和谐共生理念。

科普馆位于湿地公园中心区，是宣传湿地资源保护理念、科普教育、湿地管理人员培训和对外合作交流的重要基地。

观鸟塔是湿地公园核心建筑之一，采用计算机数字设计技术，以“生长”为核心理念，外观形成“藤蔓”造型，表达湿地孕育生命、生命繁衍生生不息的中心思想。

浐灞水街充分利用原有村庄建筑和现状规划肌理，与湿地公园总体规划有机衔接，将原有村庄保留区与新建区紧密结合，为游客提供一个集湿地景观欣赏、餐饮休闲服务、艺术文化展示为一体的的综合性功能街区。

在规划、建设、管理过程中，浐灞国家湿地公园将生态与建筑、人与

浐灞国家湿地公园观鸟塔

自然完美结合，遵循生态、以人为本的规划原则，作为西安市多元化遗产旅游的补充之一，迎合了西安市人文化、生态化的城市发展理念，同时也是对其国际化、市场化的重要补充。

立足浐灞地势之优先、承袭湿地资源之丰盛、积酝历史人文之厚重、携载设施服务之一流，集生态保护研究、湿地景观游赏、绿色农渔体验、湿地保育恢复、科普展示宣教于一身的西安浐灞国家湿地公园，正以浐灞后花园的美丽姿态，成为全方位展示“灞上闲居”“三辅胜地”特有魅力的窗口。

用游人如织、接踵摩肩来形容当时的场面绝对不为过。大部分游客都为全家出动，一时间，这里也成为了小孩子的乐园。

家住南郊的皮女士说，她的孩子上小学三年级，对大自然中的野生动物，例如昆虫、鸟类等特别感兴趣，他们这次也是慕名而来，孩子收获颇丰，以后会经常过来。

作为西安与渭河之间重要的一道生态屏障，西安浐灞国家湿地公园的建成，不仅使该区域具有生物群落恢复、污水生物处理、自然水面恢复等多项生态功能，还将城市污水转化为净水归还给河流，成为数以万计水生动植物的安身立命之所；同时，也是对“灞柳风雪”“芦荡惊鸿”等自然历史文化景观的恢复和展示，对西部城市湿地生物多样性恢复和生态环境保护方面具有重要示范作用。西安浐灞国家湿地公园强大的生态净化作用，使浐、灞河给渭河汇入两河清水，对于陕西实施渭河流域水污染防治具有重要意义，体现了西安人对于渭河污染治理的担当和责任。

2010 年 10 月，珍稀鸟类“黑翅长脚鹬（yu）”首次造访浐灞国家湿地公园，这也是西安地区首次发现该物种。

和陕西师范大学博导、文化旅游专家李令福谈起湿地公园，他总是笑着说：浐灞的作用可大着呢！

“湿地具有独特的社会效应，它可以成为人们了解自然、认识生态、学习历史、走向科学的大课堂和博物馆。灞河入渭口湿地具有自然观光、旅游、娱乐、科研和教育等方面的功能，其资源优势和环境优势，在提供游憩空间、环境教育等方面有着重要而独特的价值。”李令福经常用这个典型事例来为学生剖析。

不仅如此，湿地公园优越的地理位置、丰富的湿地景观资源为开展生态旅游和多种经营奠定了良好条件，通过与周边社区（贾家滩等）联合开展生态旅游业、湿地生态种植业和多种旅游经营活动，不仅为湿地公园发展注入活力，也促进了周边社区产业结构调整与优化，为社区群众提供大量的就业机会。

欧亚经济论坛永久会址、2011 年世界园艺博览会会址、湿地公园的建成开放，使浐灞生态区的旅游活力得到释放，滨水城市新区的休闲度假也迅速升温。

“长河碧水天云影，垂柳青丝烟霭笼。”当置身于葱葱玉树、潺潺流水、啾啾鸟鸣之中，亲近的是天人胜境，远离的是俗尘雾障。长天、碧水、曲径、斜阳，在品味野趣、感触诗意的人生体验中，我们不再纠缠于琐事的冗繁不堪、深陷于世故的喧嚣更迭，自然的伟大与生命的美好将成为吟讴不尽的经典，持续传唱着人与自然和谐共生的永恒基调。

浐灞生态区的目标不在建立一座湿地公园，它要建立的是一个庞大的湿地系统。

西安浐灞湿地公园园区景色

截至目前，生态区湿地面积比 2005 年增加了 680 公顷，达到 1266 公顷，生态区内湿地覆盖率由 2005 年的 6.6% 增加到 13.2%。形成了包括雁鸣湖、桃花潭、西安世博园、广运潭、西安浐灞国家湿地公园及河道、湖泊湿地等的点线结合的湿地系统。

难怪自小在西安东郊长大的陈忠实在谈及浐灞生态区生态环境的变化时，感慨地说："常常能看到花甲老人、青春情侣等各种年龄段的人在灞河边的草丛中柳色中悠然自得、轻松惬意。这里确实是享受自然美、思古抒怀的好地方，在一定程度上改善了西安干燥的气候，这对于正走向现代化的西安无论从哪个角度说都是好的。"

印迹中国 西安起航
——记 2013 环中国国际自行车公路赛

不知曾几何时，自行车这项运动突然就流行起来。每逢周末，在城里，在山路上，在田野里，会有大群的车友出没。他们或带着面罩，或弓着身子，或背着单反，呼啸着从我的身边飞过。

曾经，我亲历过"环青海湖"骑行大赛，盛开的油菜花下，角逐在湛蓝的湖水之畔，陶醉胜过喜悦。那时，总是在想，这就是中国最美的地方了吧，一种都不舍得呼吸的味道。

2013 年，这种感觉再次袭来，不在国外，也不在他处，就在西安，大水大绿的浐灞之地。

西安作为"环中赛"的起点城市， 9 月 13 日至 14 日分别在西安浐灞国家湿地公园和西安世博园举行计时赛与城市绕圈赛，以及丰富多彩的活动。

环中国国际公路自行车赛是经国际自行车联盟与国家体育总局批准的一项高水平国际赛事，已成为继环法、环西班牙、环意大利之后竞赛天数世界第四、亚洲第一的公路自行车比赛。赛事自 2010 年以来，每届比赛都从西安出发，而 2013 年在浐灞生态区的赛道被誉为是"最美赛道"。浐灞生态区经过多年努力，目前已成为西北地区首个国家级生态区，2007 年 F1 摩托艇世锦赛以及 2011 年世园会先后在此举办。这里已成为

最美赛道

西安打造国际化大都市的绿色名片，是市民休闲旅游的首选之地。

“央视直升机航拍的镜头里，浐灞的景色好美啊。通过环中赛宣传西安的优美景色，确实是一个很好的创意。绿色、低碳、环保，西安要建设国际化大都市，就必须大力提倡健康、文明的运动方式和生活方式。”几乎每个看过“环中赛”的人都会如此感叹。

不仅如此，2013 年环中国组委会还继续与欧洲广播电视联盟合作，通过亚洲通讯卫星将环中国每个比赛日的集锦制作成特别节目，向欧广联在册的全球 300 余个电视台统一投放。全球五大洲的国家地区都收看到了环中国比赛的精彩集锦。

浐灞，这一次，又出名了！

在欧洲、北美等经济发达国家，自行车运动早已不仅是传达绿色低碳的环保态度和理念的体育赛事，它更成为了民众与城市互动的优质渠道。世界上拥有百年历史的环法，和拥有近百年历史的环意大利、环西班牙公路自行车赛早已成为了法国、意大利、西班牙等国家展示其城市魅力乃至宣传国家形象的窗口和品牌赛事。长期坚持办赛也着实拉动了当地旅游业的发展。

随着党中央、国务院的总体部署以及“十二五”规划中关于大力发展体育事业的号召，许多城市都在寻找一条自身宣传与体育发展的“双赢”之路。在即将过去的一年里，公路自行车环赛的蓬勃发展，让城市展示与体育赛事的最佳契合点在人们的视线中逐渐清晰。

西安日报评论员撰文称：环中赛是一个展示西安的移动的窗口。西安市政府同时表示，将继续深入研讨体育赛事活动对城市发展的影响，找准推动体育事业发展和社会经济发展的结合点和切入点，通过举办更多的高端体育赛事，为全面建设国际化大都市和推动全民健身运动广泛开展作出应有的贡献。绵阳仙海景区作为2011环中赛其中的一站，在总结中也指出：环中赛之后，组织前来（绵阳仙海景区）开展自行车骑游等户外活动的单位和群体明显增多，我们将继续争取举办各种大型体育赛事，努力建好各种户外体育活动的基础设施，大力发展休闲体育活动，从而培植特色旅游品牌，力争使休闲体育活动这一项目具有健身性、趣味性、刺激性、参与性、获利性。像西安、绵阳这样的城市还很多，他们都由承办高水平公路自行车赛而看到了走向国内外知名体育城市的通路。

比赛进行中

中国是自行车大国，但就目前的自行车运动水平来看，尚难属自行车运动强国。但令人欣喜的是，近年来，中国自行车运动爱好者人数大有增长之势，越来越多的自行车爱好者和广大群众看到了自行车作为交通工具以外的运动魅力，有组织地或自发投入到自行车骑行运动中来。在“十二五”规划中国努力实现建设体育强国目标践行过程中，公路自行车赛无疑将在城市体育事业发展、全民健身方面扮演举足轻重的角色。

印迹中国，梦环世界。崭新征程，西安起航。经国际自行车联盟和国家体育总局批准，由国家自行车击剑运动管理中心、中国自行车运动协会、中奥体育产业有限公司承办的环中国国际公路自行车赛从 2010 年起已成功举办三届，第四届环中国国际公路自行车赛于 2013 年 9 月 13 日至 30 日举行。“环中赛”由西安市出发，经四川、重庆、贵州、湖南、湖北至天津结束，历时 18 天，全程约 5600 公里，竞赛里程约 1800 公里。有 22 支国内外职业自行车队参赛。

西安古称长安，有着 3100 多年的建城史和 1100 多年的建都史，历史上曾有周、秦、汉、唐等 13 个朝代在西安建都。西安既是世界著名古都、历史文化名城和国际旅游热点城市，又是一个充满生机与活力的发展中城市。新中国成立后，特别是改革开放和西部大开发以来，古城西安呈现出蓬勃发展的态势，西安已成为中国科研、高等教育、国防科技、高新技术、装备制造等新型产业基地。西安作为“环中赛”这项国家级知名体育品牌赛事的长久起点城市，为世界了解西安提供了广阔的平台。晨钟暮鼓迎盛世，铁骑古城奏华章，“环中赛”的启幕，给充满活力的西安又注入了低碳环保、时尚活力的体育元素。古老的自行车运动与历史文化名城相结合，一定会迸发出新的乐章。

古老的丝绸之路起点，已成为环中国国际自行车赛梦起飞的地方……

环中国国际公路自行车赛自创办以来，始终以西安为起点，但每届都经由不同的路线、贯穿不同的省市，最终到达终点城市天津。秉承着一贯的传统，2013 环中国国际公路自行车赛仍然开辟了全新的路线，由西安浐灞区出发，经过两天的平路比赛后进入四川省，分别在都江堰、彭州和德阳完成爬坡以及平路赛段的比拼，最后在重庆巴南以及贵州遵义两个决定性的高难度爬坡赛段后决出环中国第一阶段的最终结果。

纵观赛程，2013 环中国自 9 月 13 日揭幕战，至 9 月 30 日收官战，共历时 18 天，共途经陕西、四川、贵州、湖南、湖北五省以及重庆、天津两市，共 12 个赛段，完成 2013 年的环中国之旅。

参赛车队方面，22 支来自世界各地的职业自行车劲旅将逐鹿环中国。在这 22 支车队当中欧洲车队有 11 支、亚洲车队 9 支、美洲车队 2 支，2012 环中国总冠军得主丹麦克里斯蒂娜手表队，在历届环中国比赛中表现不俗，并且一直是冲刺王蓝衫有力争夺者之一的伊朗大布里斯石化队，来自中国台北、中国香港以及中国大陆的本土车队都将悉数登场。

2011 年是中国自行车运动繁荣发展的一年，各个大小自行车赛事星罗棋布地在祖国大地上展开。与前几年自行车运动在我国的方兴未艾不同的是，2011 年，中国自行车运动无论从赛事数量、政府支持度以及社会关注度上，都达到了一个前所未有的高度。“环中”（环中国国际公路自行车赛）、“环湖”（环青海湖国际公路自行车赛）和“环岛”（环海南岛国际公路自行车赛）三大公路自行车环赛是首当其冲拉动我国自行车运动的“三驾马车”，加之 2011 年新出现的顶级职业赛“环北京职业公路自行车赛”以及“环太湖国际公路自行车赛”“环崇明岛自行车赛”都为我国自行车运动的发展提供了有力的依托，注入了强大的动力。而公路自行车赛以其“流行、流动、流畅”的独特比赛特性，开放、露天的比赛场地，成为了展现在城市风采，创建城市名片的上佳平台。而越来越多的城市也通过承办大型公路自行车赛事，在充分展示城市的基础上，促进了地方体育事业发展，推进全民健身，充分发挥了体育在保障改善民生和推动社会进步方面的重要作用。

目前，我国的大型职业公路自行车赛以区域性赛事为主。环北京、环海南岛、环青海湖和环太湖自行车赛，都是围绕特定区位来打造的职业自行车赛事。与他们相对的是环中国公路自行车赛。该赛事仅有两年的历史，颇为年轻，其跨越距离却是最长。目前，跨越的行政区域已经达 5 省 16 市，2011 年环中赛的跨度更是有 4210 余公里。

环中国经过了三年的成长，在赛事组织、影响力等方面都已初具规模。2013 年，组委会提出了“印迹中国，梦环世界”的口号，旨在说明组委会打造“环中国”的目标就是让此赛事成为一个中国向世界展示的舞台。

参加比赛的外国运动员

2013，作为环中赛首战的浐灞生态已然为国际奉上了一份饕餮盛宴。比赛是残酷的，而过程却是异常美好。

个人计时荣誉赛拉开2013年环中赛骑行大幕，但作为真正“真刀真枪”的较量，“西安浐灞城市绕圈赛”无疑让来自16个国家和地区的职业骑手们更加“全情投入”。而为了更好地展示古城优美的环境，西安赛段组委会也是精心选择了一段最能代表浐灞美景的线路。总长度为96.9公里的比赛线路，以浐灞管委会东门前的灞柳西路为起点，途经三环路、世博园区、欧陆风情小镇、灞河东路、欧亚大道、浐河西路，再回到灞柳西路，骑手们总共需要骑行6圈。

最终经过一番你争我夺的激烈较量，来自捷克ASC Dukla洲际车队的杰里·哈克曼成为最大的赢家，他不但以1小时58分29秒的成绩，夺得第一赛段黄色领骑衫，并在爬坡和个人冲刺中表现不俗，同样拿下圆点衫和蓝衫。而象征大中华区优秀车手的白色领骑衫则被中国万圣车队的刘浩夺得。精彩的比赛之外，央视完美的直播更是为浐灞城市绕圈赛增色不少。直升机航拍，6个高点机位全方位追踪，再加上特邀环法赛摄像师全程摄像。比赛进行的同时，一个秀丽的浐灞、美丽的西安也通过央视的

杰里·哈克曼夺得冠军

画面展示到了电视观众的面前。

“感谢西安，感谢这次永远让我难忘的赛段夺冠经历。我听说这里刚举办过世园会，确实风景秀丽、景色宜人。以后有机会，我一定要带着我的家人，好好来西安再看一看。”穿上象征着荣誉的黄色领骑衫，捷克车手杰·哈克曼兴奋不已地接受采访。

个人计时赛的冠军、丹麦克里斯蒂娜手表车队的选手舒马赫说，他从没有来过西安，他在这次来之前专门通过网络了解了一些情况，但来到西安后发现这座城市要比网络上介绍的更有魅力。“我觉得生活在西安的人太幸福了。”

卢森堡猎豹崔克洲际车队的车手法比奥表示，浐灞赛段风景美丽、气候宜人，尤其是道路修建得平整精致。“亚洲是自行车运动的未来，近年来亚洲涌现出了越来越多的优秀车手。国际上诸多大城市都在竞相承办大型公路自行车赛，此次西安无论从赛事组织、公共服务、媒体报道方面都做到了相当高的水准，相信以后这项赛事的水平会越来越高。”

……

此时，激动的不仅仅是选手，西安市体育局副局长黄群也兴奋不已：“环中赛是抓手，宣传西安是目的，而全民健身则是落脚点。我们举办环中赛，最主要的还是希望让健康、绿色的自行车运动，真正成为群众健身的龙头项目。”

说到环中赛对西安城市展示所带来的良好效果，黄群表示，“第一届环中国从曲江出发，有美丽的唐文化景观。大家会发现西安有这么好的风景和赛道，还有这么多的文化、文明，对曲江宣传很好。第二年的起点是高新区，环境也非常好。第三届有三个赛区，渭河、文景路和蓝田。而今年我们选在了美丽的浐灞，选择了美丽的湿地公园，选择了美丽的世博园区。通过环中赛赛事的影响力及央视的直播，最大限度地综合展现了西安的多种资源。”

“印迹中国，梦环世界”。

黄群感慨，环中国国际公路自行车赛今年已是第四次举办。赛事一直选择西安作为起点城市，一来是因为这座城市有着得天独厚的条件，二来是热情好客的西安人民能积极参与其中。西安是古丝绸之路的起点，从这里开始环中赛，有着特殊的意义，能更好地让世界了解中国，这里的历史文化、人文地理都是独一无二的。同时，赛事也推动了西安市的全民健身，如今在西安，低碳环保的出行方式已逐渐得到认可和推崇，还有许多户外爱好者会在闲时前往美丽的秦岭中骑行。可以说，这项赛事正在改变西安市民的生活方式。

盛唐时代，商贾驼队拉伸着华夏文明的经纬，丝绸瓷器漂洋过海，在世界各地种下一个又一个唐人街。而今，世界各地的高手来到浐灞，向这座古老的城市脱下礼帽，深深鞠躬。我想，“九天阊阖开宫殿，万国衣冠拜冕旒”也不过就是这样吧。

东方雅韵 西安金融商务区

有水有绿有产业，在旁人看来，浐灞成功了，从西安东北部的生态重灾区一跃成为绿野仙踪，人们在想：这下，也只能平稳发展了。

可浐灞不认这个铆，西安市政府也不会轻易放过这处占据绝佳地理位置之区域。

“我们要在这里建立一个金融商务区。”市政府内，传来了这样的声音。

“中国的真正发展在于西部，西部的真正发展在于西北，西北的发展首先在于陕西，陕西的经济命脉在关中，关中要崛起，就必须以西安为龙头、为核心……”曾有经济学家这样预言。

生态环境的优劣并不能成为生态文明建设成功与否的唯一标准。而在经济发展方式和产业结构上，能够真正实现绿色 GDP，才是关键。

在“绿色、环保、低碳、休闲”四大产业发展理念的指引下，浐灞生态区选中了金融服务，以旅游休闲、现代商贸、会议会展为支撑，以文化创意为特色，以战略性新兴产业为补充的产业体系。积极打造西部金融商贸服务中心、总部经济聚集区、西部会展之都以及国际一流生态旅游目的地。

金融业是浐灞生态区确定的核心产业，也是浐灞生态区未来的最大产业特色。

2008 年，陕西省和西安市就确立了“建设浐灞金融商务区，构建西部重要金融中心”的战略目标，并正式启动西安浐灞金融商务区建设。

2010 年 1 月，西安市政府将浐灞金融商务区正式命名为西安金融商务区。同年 9 月，西安金融商务区成为国家服务业综合改革试点区域。

2011 年全省金融工作会议工作报告中明确指出依托西安作为金融资源聚集地的优势，做好区域性金融中心建设规划，推进西安区域性金融中心建设。加大金融机构招商引资力度，吸引全国性金融机构新设公司或后台服务中心落户浐灞，引导现有省内金融机构搬迁浐灞，切实落实有关优惠政策，支持基础配套服务设施建设。

2012 年 10 月，陕西省政府出台了《关于进一步促进金融业发展改革的意见》文件，明确提出：“切实加快西安金融商务区建设。西安金融商务区作为建设西安区域金融中心的重要载体，要积极完善基础设施和服务配套设施，发展金融配套服务产业，加大金融招商力度，提高引入机构层次，鼓励金融机构建立服务中心，争取在“十二五”末，初步将西安金融商务区建设成为西部区域性金融机构和大型企业的总部聚集区，全国金融中后台服务和金融外包服务基地，国际性金融机构区域总部的首选地。

2012 年 10 月 16 日，陕西省委省政府出台了《关于省市共建大西安加快推进创新型区域建设的若干意见》文件，明确提出：“科学规划产业布局，形成以浐灞金融商务区等为核心的新兴产业功能区；支持区域金融中心建设，加快浐灞金融商务区基础设施建设。”

2013 年 3 月 29 日，陕西省政府正式批复同意将西安金融商务区列为省级开发区，享受省级开发区相关优惠政策。

西安金融商务区鸟瞰全景

2013 年 8 月，外交部发函批复同意启动西安领事馆区建设。西安领事馆区选址位于西安金融商务区核心区域，规划占地 900 余亩。

2013 年 11 月，西安市委、市政府出台《关于加快建设丝绸之路经济带新起点的实施方案》，明确提出“以西安欧亚经济论坛永久会址为中心，加快西安浐灞领事馆区建设”“办好欧亚经济论坛金融合作会议和西安（浐灞）金融高峰论坛，加强与国家金融管理机构和国家开发银行的沟通联系，争取上合组织开发银行落户西安。”

2013 年 11 月，陕西省委书记赵正永在“加快丝绸之路经济带新起点建设座谈会”上的讲话中指出：围绕“政策沟通、道路联通、贸易畅通、货币流通、民心相通”的五通要求，扎实做好十件事，明确提出要“加快建设面向中亚、服务西部的区域性金融中心”。

这次，浐灞发展的异常顺利。

目前，西安金融商务区已引进各类金融机构及商务配套项目 64 家。已签约或落实的入区项目主要有：

领事馆区沙盘照片

政府及金融监管机构：中国证监会陕西监管局、中国保监会陕西监管局；金融机构总部类项目：国家开发银行陕西分行、长安银行、永安保险、西安银行、西部证券、陕煤金融中心、西部信托、前海人寿陕西总部、希格玛资产管理集团；金融机构后台类项目：中行全球客户服务中心、建行西安营运中心、中石化西北金融结算中心、金融押运服务基地及银行票据中心、长安银行后台服务基地、永安保险后援中心、新华保险西安后援中心、西安（浐灞）金融服务外包基地、西安市地税局综合服务中心、龙护卫西安金融保障基地；金融要素市场类项目：陕西煤炭浐灞交易中心、陕西环境权交易所；金融中介类项目：光大金控资产管理有限公司、陕西省长安期货经纪有限公司、国信证券股份有限公司、西安希格玛资产经营管理有限公司、陕西新兰特投资咨询有限公司、陕西新兰特资产评估有限公司、陕西新兰特土地评估咨询有限公司；商业、住宅及其他配套项目：苏陕国际金融中心、中国东盟——西安经贸中心、香港香江西安财富中心、宝能大厦、上实城开浐灞半岛项目、深圳振业生态城、御锦城、陕西工商管理硕士学院综合楼、浐灞金融培训学院、阳光购物广场、浐灞汽车主题公园等。

预计到 2020 年，金融商务区将聚集 100-130 家金融机构和 1000 家商务机构，金融业增加值达到 150 亿元，占西安市金融业新增值部分的 50% 以上，占陕西省金融业新增值部分的 30% 以上，对陕西省金融业发展的贡献率达到 20% 以上，金融业带动相关产业增加值达到 300 亿元。

绿色见证成长，金色引领未来。

未来十年，西安金融商务区将以西部大开发和关中—天水经济区建设为契机，积极发挥金融产业引领作用，以国际化视野打造融金融、商务、会议、商贸、文化、休闲于一体的现代服务产业聚集区，成为西部重要金融中心和西安国际现代化大都市的城市亮点。

东西市，南北坊，新罗诗人崔致远在长安城里御街打马，留下了“幸得东风已迎路，好花时节到鸡林”的感慨。繁华经不住风吹雨打，却给我们留下了对昨日无法重逢的牵挂。广运潭上烟波浩渺，望春楼里阵阵箫声，都随着蓝田猿人无拘无束的脚步，在盛唐不灭的回忆里，化为一丝不轻不重的永恒。

西安金融商务区夜景效果图

图书在版编目（CIP）数据

踏歌浐灞 / 贺平安著. -- 北京 : 五洲传播出版社，2023.3

ISBN 978-7-5085-5020-6

Ⅰ. ①踏… Ⅱ. ①贺… Ⅲ. ①纪实文学－中国－当代 Ⅳ. ①I25

中国国家版本馆CIP数据核字(2023)第000607号

纪实中国

主　编：任启发
策　划：荆孝敏

绿色中国梦

主　编：付　平
策　划：荆孝敏　贺平安

踏歌浐灞

总 顾 问：杨六齐
总 策 划：门　轩
主　　编：成　斌
作　　者：贺平安
责任编辑：黄金敏
设计总监：王春静
装帧设计：田　煜
设计公司：西安创典文化传媒
出版发行：五洲传播出版社
地　　址：北京市海淀区北三环中路 31 号生产力大楼 B 座 6 层
邮　　编：100088
发行电话：010-82005927　010-82007837
网　　址：http://www.cicc.org.cn　http://www.thatsbooks.com
印　　刷：北京市房山腾龙印刷厂
版　　次：2023 年 3 月第 1 版第 1 次印刷
开　　本：710 × 1000 mm　1/16
印　　张：11
图 片 数：100张
字　　数：100 千字
定　　价：82.00 元